aufbau

AUFBAU VERLAGSGRUPPE

Armin Mueller-Stahl

Kettenkarussell

Erzählungen

Aufbau-Verlag

ISBN-10: 3-351-03083-5
ISBN-13: 978-3-351-03083-4

1. Auflage 2006

Einbandgestaltung Henkel/Lemme
Druck und Binden Clausen & Bosse, Leck
Printed in Germany

www.aufbau-verlag.de

Inhalt

Erinnerungen an die Eltern

Er steigt die Treppe hinauf zum ersten Stock der Jugendstilvilla, deren obere Etage die Mutter bewohnt. Wie immer beim Treppensteigen spürt er den Herzschlag, unangenehm, als wolle ein Lebewesen aus seiner Brust. Wenn er jetzt umfiele und tot wäre? Er stellt sich vor, seine Mutter käme die Treppe herunter, sähe ihn tot auf den Stufen liegen, würde sich bücken, ihn anblicken und sagen:

»Was haben wir denn hier?«

Und er ist überzeugt, sie wäre ohne eine Spur von Trauer; für sie gehört der Tod zum Leben wie die Geburt, sie ist gläubig.

»Was haben wir denn hier?« Das hatte sie auch gesagt, als Vater …

Seine Kindheit war unter die Aufsicht seines Vaters gestellt gewesen. Ehrlich, fleißig und pünktlich, so sollte er sein und werden. Sechs Uhr aufstehen, dreizehn Uhr Mittag, neunzehn Uhr Abendbrot. Mittwochs und samstags Badeofen heizen und baden, sonntags Kirche und Streuselkuchen um fünfzehn Uhr dreißig. An Widerspruch nicht zu denken. Samstags roch die Wohnung nach Bohnerwachs. Der Vater war Chirurg. Er operierte, wie er lebte: nach der Uhr. Und er starb, wie er lebte: nach der Uhr.

Als Hitler 1939 das deutsche Volk anschrie: Seit

fünf Uhr früh wird zurückgeschossen!, faßte er sich ans Herz, bat um ein Glas Wasser und starb. Herzversagen. Mutter kam mit dem Glas Wasser, stellte es auf den Tisch und sagte, wie erwähnt:

»Was haben wir denn hier?«

Sie weinte nicht.

»Bist du nicht traurig?« fragte er sie am Abend.

»Nein«, antwortete sie, »ihn hierzuhaben wäre mein Glück, aber im Himmel zu sein ist sein Glück.«

Eine vorbildliche Ehe.

Trotz der strengen Aufsicht kann er sich nicht erinnern, vom Vater ungerecht behandelt worden zu sein. Gewiß, Vater wollte, daß er Arzt würde, möglichst Chirurg wie er. Gewiß, Vater wollte, daß er würde wie er: ehrlich, fleißig und pünktlich. Und gewiß: Mutter schaffte in die schönsten Absichten, Wünsche und Pünktlichkeiten des Vaters Ungenauigkeiten, Gegenwünsche, Unpünktlichkeiten. Sie wollte, daß er Schauspieler würde oder Maler, etwas, was dem Bengel ein Leben lang Spaß machen würde. Wofür soviel Pünktlichkeit? Deswegen schickte sie ihn manchmal kurz vor neunzehn Uhr zum Nachbarsjungen, er solle noch ruhig zwanzig Minuten spielen.

»Aber dann komme ich zu spät zum Abendbrot«, antwortete er, und sie:

»Na und?«

»Der geborene Schauspieler!« sagte sie jedesmal in Gegenwart des Vaters, wenn er das Gesicht verzog, eine Grimasse schnitt. Vaters Blick war kurz.

Sie schaffte das wohlverdiente Chaos in den geordneten Tag des Vaters, indem sie die Standuhr, die der Vater täglich mit seiner goldenen Taschenuhr verglich, zurück- oder vorstellte, nach Gefühl. Sie heizte das Badezimmer dienstags statt mittwochs oder samstags, sie verlegte das Notizbuch des Vaters, in dem der Tagesablauf notiert war. Sie tat dies nicht, um dem Vater zu schaden. Sie tat dies, weil sie auf ihre Weise das Leben neu ordnete. Sie verringerte die Übergenauigkeit des Vaters auf ein erträgliches Maß und verschaffte ihm, dem Sohn, die Freiheiten, von denen sie glaubte, daß sie für seine Entwicklung wichtig seien. Er liebte sie darum. Und er liebte seinen Vater darum, daß es deswegen nie Streitereien gab. Obwohl er wußte, daß der Vater die Mogeleien der Mutter bemerkte. Er ahnte, daß der Vater das Spiel mit der Pünktlichkeit nicht so ernsthaft betrieb, wie es den Anschein hatte. War das Abendbrot zum Beispiel nicht um neunzehn Uhr fertig, ließ er den goldenen Deckel seiner Taschenuhr dreimal springen – er hatte die Uhr geerbt –, pfiff durch die Zähne, setzte sich, legte sich die Serviette, täglich eine neue, um den Hals und zwinkerte ihm zu.

So war Vater.

Und so war Mutter.

Friedhof

Es regnete nun schon den ganzen Tag. Das Wasser stand auf den Friedhofswegen, überall Matsch und Modder, ekelhaft. Die dicken Friedhofseichen speicherten den Regen, der wie aus Kübeln auf die beiden Totengräber schüttete, sobald Windböen ins Blattwerk fuhren. Die Anzüge der beiden waren durch bis auf die Haut, sie schimpften auf Himmel und Leichen wie die Rohrspatzen.

»Wieviel sind denn noch?«

»Noch eene.«

»Noch eene? Na, det jeht ja.«

»Wer is'n det?« fragte Totengräber Flachsbrunn.

»Ein Dr. Habergros, mit s geschrieben, um sechzehn Uhr«, antwortete Totengräber Eichhorn.

»Und wieviel is jetzt?«

»Zehn vor.«

»Na, det jeht ja. Denn is ja bald Schluß.«

»Schade um den«, sagte Totengräber Eichhorn. »Autounfall. Na ja, so is det eben. Schuldirektor war er, mein Klaus war bei ihm in der Schule, wa. Irgendwie menschlich gewesen, der Typ. Einmal mußte Irmchen, meine Olle, zur Schule, zur Klassenlehrerin. Sie war hinbestellt worden, weil Klaus Schwierigkeiten mit'm Versetzen hatte. Und da hat sich die Lehrerin – uff den Namen komm ick nich, det war …, weeß ick nich mehr – jeziert wie ’ne Zicke.«

»Jeziert wie ’ne Jungfrau, heißt det«, verbesserte Totengräber Flachsbrunn.

»Wie ’ne Jungfrau is jut, bei der!« antwortete Totengräber Eichhorn.

»Scheiße, Scheiße, man kann sich nich unter de Eichen stelln, da is jeder Troppen ’n Liter.«

»Also, wat war denn nu mit de Schule?« fragte Totengräber Flachsbrunn.

»Det war so: Eines Tages kommt Klaus mit’m Brief von de Lehrerin, wa, Irmchen soll ma in de Schule komm, wejen Klaus. Wat hast’n ausjefressen, sagt Irmchen, und Klaus sagt und weent dabei: Ick will nich mehr inne Schule. Ick hab Angst vor de Lehrerin, die schreit immer gleich und is so jemein.«

»Wie alt isse denn?« fragte Totengräber Flachsbrunn.

»Mittelalter. Wo se von ’ner Frau zur alten Jungfer wird.«

»Kenn ick«, sagte Totengräber Flachsbrunn.

»Woher kennst’n det?«

»Mit de Weiber kenn ick mir aus.«

»Wie warn det nu, det Jespräch?« fragte Totengräber Flachsbrunn.

»’n dämlichet«, antwortete Totengräber Eichhorn. »Die hat uff Klaus jeschimpft, wa, nie ausjeschlafen is er, immer unkonzentriert und meld’ sich nich. Und in Mathe hat er an die Tafel jemußt, und da hat er nu jestanden und jestanden, bis die janze Klasse jelacht hat, wa. So jemeine Dinge erzählt die, und Irmchen hat ja Haare uff de Zähne, is ja nich uff'n Kopp jefalln, wa. Kennst se ja.«

»Jewiß kenn ick ihr.«

»Die sagt also: Warum lassen Se det überhaupt zu, daß sich Klaus vor der ganzen Klasse blamiert, keener hat doch 'n Bock druff, sich zu blamiern. So, und nu hat er Angst vor Ihnen und will nich mehr zur Schule. – Vor mir Angst? sacht se. Det gibt's doch nicht, sacht se, macht de Türe uff und holt Klaus rein. Nu setz dich, sagt sie. Ich höre, du hast Angst vor mir, das macht mich traurig. Es hat doch sonst niemand Angst vor mir, sagt se so uff de scheißfreundliche, wa. Warum hast du Angst vor mir? Und Klaus traut sich nischt zu sagen, daß sie immer gleich schimpft und nervös is und jemein, wa. Und sie sagt, weißt du Klaus, ich habe auch Angst vor dir. Denn wenn du Angst vor mir hast, habe ich Angst vor dir. Man hat ja Angst vor Menschen, die Angst vor einem haben, nicht, Klaus? Und Klaus nickt, wa, aber der versteht det nich, is ihm zu hoch, und fängt an zu heulen. Und in dem Augenblick kommt Dr. Habergros in't Klassenzimmer, begrüßt Klaus und Irmchen und sagt zur Lehrerin: Machen Sie weiter. Lassen Sie sich nicht stören. Und die, die wird rot wie 'ne Tomate, wa, und macht weiter mit der Angst, det Janze noch mal von vorne. Und Klaus fängt wieder an zu heulen. Frau Sowieso, sagt Dr. Habergros in Gegenwart von Klaus und Irmchen, Sie können Klaus nicht die Wörter im Munde verdrehen. Wenn er Angst vor Ihnen hat, können Sie sich nicht von ihm erklären lassen, warum Sie Angst vor ihm haben, das ist unfair. Wenn Sie mal die Nerven verlieren, können Sie es ruhig zugeben, jeder verliert mal die Nerven. Dabei brechen Sie sich keine Krone aus dem Stein …«

»Keinen Stein aus der Krone«, verbesserte Totengräber Flachsbrunn.

»Keinen Stein aus der Krone, sach ick doch«, erwiderte Totengräber Eichhorn. »Und Dr. Habergros legte seinen Arm um Klaus: Weißt du, sagt er, nicht nur Schüler machen Fehler, auch Lehrer.«

»Det hat er jesacht?«

»Det hat er jesacht!«

»Na ja, hab schon jehört, der soll in Ordnung jewesen sein«, sagte Totengräber Flachsbrunn. »Is er nu versetzt worden?«

»Ja, eben, is er.«

»Und die Lehrerin, wat macht die?«

»Det weeß ick nich.«

»Det würd' ick aber jerne wissen«, sagte Totengräber Flachsbrunn. »Meiner mußte neulich den Kreislauf von 'ner Ameise lernen. Weeßt du, wat 'ne Mandibel is?«

»Nee.«

»Siehst du, ick ooch nich. Aber meiner weiß det. Det is der Ober- oder Unterkiefer von der Ameise, det lernt der mit neun Jahren! Mußte verdammt aufpassen in der Schule heutzutage, wa.«

»Stimmt.«

»Stehn ja alle unter Streß.«

»Stimmt.«

»Und mit sechzehn nehm' se sich det Leben, wenn's schlimm kommt, wie neulich die beeden Meedchens, wejen de Physikarbeit.«

»Wann war'n det?«

»Vorvorjestern.«

»Wer'n ja ooch keene Streiche mehr jemacht, wie früher, wa?«

»Scheiße, det hört und hört nich uff mit'm Rejen.«

»Vor vier Wochen hatten wir 'ne Lehrerin«, sagte Totengräber Flachsbrunn und drückte sich das Wasser aus dem Jackett. »Achtundvierzig. Hat sich umjebracht. Vielleicht war die det?«

»Nee, nee, die war det nich.«

»Mit der is det doch mit'm Sarg passiert. Warst du dabei oder Heini?

»Heini. Vor vier Wochen hatt' ick Urlaub.«

»Dann weeßte ja jar nich, wat mit der Lehrerin passiert is.«

»Nee, det weeß ick nich.«

»Det muß ick dir erzählen. Jloobste nich. Alle waren hier von der Schule, Lehrer, Schüler und der Direktor. War schönet Wetter, wa. Heini und ick lassen den Sarg runter. Heini kiekt mir an, und ick kieke Heini an. Der Sarg wiegt so jut wie jar nischt, wa. Frag ick 'n kleenes Meedchen: War die Lehrerin groß und dick? – Nee, sacht se, kleen und dünn. Aber so kleen und dünn? Heini sacht, während wir absetzen, dann war die dünner wie 'n Hering zwischen de Oogen, und wir schütten se zu. 'ne halbe Stunde später stellt sich raus, daß die vom Bestattungsinstitut 'n leeren Sarg jeschickt hatten. Die Leiche hatten se vergessen, in der Totenkammer. Also wat nu? Sarg raus, Leiche rin, Sarg einjebuddelt 'n zweetet Mal. War ja wirklich nur 'n Jerippe, nur Haut un' Knochen. Heini und ick haben mächtig een jelötet hinterher. – Wie spät is es denn?«

»Ja, müßten längst hier sein.«

»Hm, daß noch keener da is!«

»Kommt ooch keener, nich bei so'n Wetter. Die komm' nur noch bei schönem Wetter – oder wenn Fernsehen dabei ist.«

»Ja, wenn Fernsehen dabei ist, dann komm' se alle.«

»Vielleicht ist der Dr. Habergros wieder von de Toten ufferstanden, und wir haben hier umsonst jebuddelt.«

»Mann, bin ick naß, als hätt' ick unterm Anzug jebadet.«

»Bei mir detselbe. Det regnet und regnet und hört nich mehr uff.«

Die Automatik des Atems

Mein Name ist Peter Christofferson, ich bin Priester, habe meine öffentlichen Fernsehauftritte, lebe in Los Angeles, bin ein gefragter Mann. Ich wohne in ..., ja, wie soll ich das am besten erklären, also: Wenn Sie den Sunset Boulevard runter und rauf zum Pazifik fahren – ich nehme an, Sie haben ein Auto –, dann macht der Sunset in der Nähe des Meeres zwei nicht zu übersehende Kurven, es sind beinahe Kreise. Bei der zweiten Kurve, am Ende, aber noch in der Kurve, biegen Sie links ab, Richtung Meer. Von da aus einmal rechts, dann zweimal links, und dann sind Sie schon in der Straße, in der ich wohne. Das grüne Haus. Da.

Montags und donnerstags kommen Leute zum Beichten, kostenlos. Lediglich Spenden zur Erhaltung des Beichtstuhles werden angenommen – meine Frau nimmt das Geld entgegen. Im Mai arbeite ich nicht mehr. Um das zu erklären, muß ich etwas ausholen. Im Mai habe ich Geburtstag, im Mai steht der Mond anders als in anderen Monaten, im Mai gibt es besondere unterirdische Bewegungen, im Mai fliegen die Vögel anders, schwimmen die Fische anders – im Mai ist alles ein bißchen anders. Vielleicht, weil es ein Wonnemonat ist. Aber dennoch: Im Mai nehme ich keine Beichten mehr an. Der Mai hat mich geschädigt.

Die Leute kamen im Mai gar nicht mehr, um zu beichten, sie kamen mit ihren Krankheiten, und wenn sie gingen, waren sie die Krankheiten los, aber ich hatte sie. Sie gingen auf mich über. Kam einer mit Gallenschmerzen, mußte ich mir anschließend die Galle rausnehmen lassen. Auf diese Weise bin ich einen großen Teil meiner Innereien losgeworden. Mandeln, Blinddarm, Galle, etwas Leber, etwas Lunge, etwas Knie, etwas Hüfte, zwei Backenzähne, zwei Schneidezähne. Ich habe Ischias, Migräne, Augenzucken, alle Leiden der Leute, die im Mai zu mir kamen und die glücklich und gesund wieder von mir gingen. Aber ich hatte die Krankheiten. Meine Leiden sind Maileiden.

Kein Wunder also, daß ich mich im Mai der Meditation hingebe und mit Leuten nichts mehr zu tun haben will. Gut, ich gehe schon mal ins Kino, zu politischen Vorträgen, auch mal zum Essen, aber selten und nur wenn ich sicher bin, daß keiner mich mit seinen Leiden überfallen wird. Aber schon Erzählungen über Unpäßlichkeiten können mich im Mai aus dem Gleichgewicht bringen. Ja, so ist es. Fragen Sie mich nicht nach Gründen, ich kenne sie nicht. Keiner kennt sie. Ich muß mit dem Mai leben wie andere mit ihren schweren Krankheiten. Seit Jahren habe ich meinen Geburtstag nicht mehr gefeiert, der am 28. Mai ist. Aber dieses Jahr feiere ich ihn. Es kommen nur Politiker mit ihren Frauen, einige Wissenschaftler, einige Kollegen. Mein Freund Baker ist nicht dabei, er sitzt im Gefängnis, aber das wissen Sie natürlich. Er hat seine Gemeinde betrogen, 3,7 Millionen soll er sich eingesteckt haben. Aber das sind alles olle Kamellen. Wir feiern auch gar nicht ausdrücklich meinen Geburtstag, sondern haben einfach ein gemeinsames Dinner, in Patrick's Steakhouse, am Meer, nicht weit von mir, drei Minuten mit dem Auto.

So, und nun sitze ich mit zwanzig Gästen bei Patrick, sitze neben der Frau eines Botschafters, die mir von Dingen erzählt, die mich nicht interessieren und denen ich mit allem Anstand nicht zuhöre. Ich blicke sie an, nicke hin und wieder, höre aber in Wirklichkeit jenen Herren mir gegenüber zu, die über die deutsche Politik, den Golfkrieg, über Bush und Saddam, über Schröder, Putin und Chirac debattieren. Das habe ich gelernt in meiner Priestertätigkeit: an einem Gespräch beteiligt zu sein, dem ich nicht zuhöre, dagegen einem Gespräch zuzuhören, an dem ich nicht beteiligt bin. Ich gebe zu, das ist ein Meisterstück der Spaltung, und ich gebe zu, es ist anstrengend, der Dame hin und wieder zu antworten, kurz, präzise, um nichts vom Gespräch der Herren zu versäumen.

Einer der Herren unterbricht gerade den Golfkrieg, weil er einen Zahnstocher sucht. Ein Fleischfussel hänge ihm zwischen den Zähnen, das mache ihn ganz verrückt, er könne gar nicht zuhören.

Patrick bringt Zahnstocher. Und ich sehe dem Herrn zu, er schafft es, sich ebenfalls zu spalten: eine Hälfte für den Fussel, die andere für den Golfkrieg.

»Erinnern Sie sich noch an Breshnew, wie er als alter Mann war? Wie ein Karpfen an Land. Schnappte nach Luft, Mund auf, Mund zu, nichts geht mehr«, sagt der Herr mit dem Fussel.

»Die Länder sahen aus wie ihre Generalsekretäre«, sagt ein anderer.

Das Gespräch über die Politik scheint am Ende.

Und dann sehe ich dieses ungewöhnliche Lächeln, diesen merkwürdigen Schimmer über dem traurigen Gesicht der Dame neben mir. Ich könnte mich nun dem Gespräch widmen, aber sie hat ihren Monolog beendet, glücklich, in mir jemanden gehabt zu haben, der sich für sie interessierte. Sie blickt mich nicht an, als wolle sie den ausgezeichneten Eindruck, den sie während ihrer Erzählung von mir bekommen hat, nicht durch einen leichtfertigen Blick aufs Spiel setzen. Das erste Mal suche ich nach dem Inhalt des Gesagten, und tatsächlich, ich bekomme Achtung vor der Fähigkeit meines Geistes zur Spaltung, der Narretei meines Gehirns, gespeichert zu haben, was ich kaum gehört, aber dennoch aufgenommen hatte, nämlich: eine Geschichte von größter Brisanz.

Ihr Töchterlein, hatte sie gesagt, neun Monate alt, schliefe deswegen jeden Abend im Krankenhaus, weil sie, wenn sie nicht gerade träumte, die Automatik des Atems vergäße, beziehungsweise die Automatik würde sich nicht wieder einstellen, sie müßte ersticken, wären nicht Fachleute da, die aufpaßten, daß die Träume nie aufhörten. Wenn sie aufhören, wird die Automatik künstlich in Gang gesetzt.

Und jetzt erst, zehn Minuten später, frage ich:

»Wie können Sie schlafen, wenn Sie jeden Morgen befürchten müssen, daß Ihr Töchterchen nicht mehr am Leben ist?«

»Ja«, sagt sie, »ich schlafe wirklich nicht mehr. Seit sie im Krankenhaus ist, schlafe ich nicht mehr. Als sie zu Hause war, wollte ich um keinen Preis einschlafen, aber irgendwann schlief ich eben doch ein. In dieser ständigen Auseinandersetzung gelang es mir manchmal, aufzubleiben, manchmal, wie gesagt, nicht. Seit sie im Krankenhaus ist, fehlt die Auseinandersetzung und damit der Grund zum Einschlafen. Seitdem kann ich nicht mehr schlafen.«

»Können die Ärzte helfen?«

»Bis jetzt nicht. Sie wissen nicht, woher dieser Fehler kommt. Organisch ist ja alles in Ordnung.«

Als mich meine Frau nach Hause fährt, denke ich: Organisch ist ja alles in Ordnung. Die Automatik des Atems. Ich zünde mir eine Zigarette an. Ich ziehe an der Zigarette, kein Aufglühen, die Spitze bleibt dunkel.

»Die Automatik«, sage ich.

»Was?« fragt meine Frau.

»Die Automatik des Atems, ich habe vergessen, wie man atmet. Wie geht das?« frage ich. »Wie atmet man?«

»Ich atme gar nicht«, antwortete sie, »ich werde geatmet. Das ist doch automatisch.«

»Bei ... mir nicht ..., ich werde nicht mehr geatmet, ich muß selber ..., aber ..., wie..., wie ...«

Die eiserne Möwe

Die weißen Möwen stürzten lotrecht vom Himmel, an seinem Fenster vorbei, als wollten sie signalisieren, daß es auch für ihn an der Zeit wäre, die Anziehungskraft der Erde ausnützend, die Lebensgrenze zu überschreiten.

Er ist ein kleiner, gewölbter Mann. Dadurch, daß sein Körper durch ein Korsett gehalten wird und sein Kopf in eine mit Leder überzogene Metallhalterung eingebettet ist – Wirbelsäulenverletzung durch Autounfall –, bewegt er sich mechanisch, eckig und überaufrecht, als würde er von einem Motor angetrieben. Alles an ihm wirkt technisch, gesteuert, erfunden. Ein Mann aus der Industrie. Nur wenn er auf seinem Arbeitsstuhl, einem hohen, schlichten Barockstuhl, sitzt, den er wegen der Sitzhöhe, nicht wegen des antiken Wertes gekauft hat, unbeweglich und schweigsam, als Silhouette gegen das Südfenster, scheint es, als sei er losgelöst von jeglicher Technik, ein Mensch, einem dicken Käfer ähnlich. Er sitzt, als läge er auf dem Rücken. Um wieder auf die Beine zu kommen, bewegt er die Arme, auf und ab, ein-, zweimal, Flugbewegungen. Bei der äußersten Abwärtsbewegung ergreift er die Armlehne und stemmt sich ruckartig nach oben, in die Höhe zurück, auf die Beine.

Die Halskrawatte, eine Eigenanfertigung aus Plexiglas, Metall und Leder, läßt dem Kopf nur geringe Bewegungsfreiheit. In der Mehrzahl sind die Kopfbewegungen an den Körper gebunden, er muß sich drehen und wenden, wenn der Kopf es soll. Seine Brille sitzt auf der Nasenspitze, was ihn weitere stereotype Bewegungen ausführen läßt, nämlich sie mit dem Finger der rechten Hand den Nasenrücken hinauf vor die Augen zu schieben. Dabei räuspert er sich. Am bemerkenswertesten sind seine Bewegungen, wenn er einen Cognac trinkt: Wippen des Körpers, vorwärts, rückwärts, einige Male das Glas vorm Mund, in der äußersten Rückwärtsbewegung abrupt stillstehend – und der Cognac schießt von allein in den Hals.

Seine Fingernägel sind gerade geschnitten wie mit einem Lineal, die Kuppen wölben sich darüber wie kleine Hügel. Seine Augen dunkel und mißtrauisch, sein Mund herabgezogen und schmal. Das Gesicht scheint von Bartwuchs verschont zu sein, lediglich auf einem einsamen Leberfleck auf der rechten Wange ein spärliches Haargebüsch, und über der Oberlippe mochte, vielleicht, wenn er einige Monate unrasiert bliebe, so etwas wie eine Andeutung von Bart entstehen, wenn er, wie gesagt, sich einige Monate nicht rasieren würde. Das Gegenteil ist der Fall. Er rasiert sich jeden Morgen zehn Minuten, samstags, sonntags, feiertags gar fünfzehn Minuten, mit einer Leidenschaft, die unverständlich bleibt, es sei denn, man will sie verstehen. Dann versteht man sie als

Eigentümlichkeit, als Verschrobenheit, als Tick, und das ist sie auch. Gleichzeitig ist sie es nicht. Er glaubt, er könne sich die Ungerechtigkeiten, die Widerwärtigkeiten seines Berufes aus den Falten seines Gesichts rasieren, sie in Annehmlichkeiten verwandeln, als wäre Rasieren nichts anderes als eine Kette unaufhörlicher Verwandlungen. Dabei sinniert er. Für ihn ist, wie für Aristoteles, die höchste Form des Tätigseins, die er über die politische Aktivität stellt, das kontemplative Leben, das sich der Suche nach Wahrheit widmet. Seit ihm bewußt ist, daß sein Leben an einem Seidenfaden hängt – nach Auschwitz und jenem späteren Autounfall –, rasiert er sich die Sorgen vom und die Philosophie an den Hals.

Aristoteles betrachtete die Kontemplation als Tätigsein für den besten Teil in uns, er auch. Wohlsein besteht nicht in Vergnügungen, sondern in Tätigkeiten, die mit der Tugend in Einklang stehen, sagt er und blickt sich dabei im Spiegel in die dunklen Augen. Ebenso wie die Position Aristoteles' steht auch die von Thomas von Aquin im Gegensatz zur heutigen Auffassung von Aktivität, nämlich: ausschließlich Geld zu machen. Und er denkt an Aristoteles oder Thomas von Aquin, ja, häufig dünkt er sich, einer von beiden zu sein, gelegentlich sogar beide. Immer beim Rasieren schlichtet er die angehenden Kriege – alle Kriege sind schlichtbar –, ist er auf der Suche nach Möglichkeiten, Kriege zu vermeiden, durch was? Durch Wissen, Erziehung, durch die Suche nach der Wahrheit. Er blickt sich im Spiegel an und stellt fest, daß ein Rest von Unaufrichtigkeit in seinem Gesicht verblieben ist. Er summt, obwohl unmusikalisch, eine Melodie, dabei erinnert er sich an eines der Hauptthemen des Alten Testaments – er ist christlich erzogen worden –: Verlasse, was du hast, befreie dich von allen Fesseln, sei!

Oder sei nicht, fügt er hinzu.

Er summt immer noch die Melodie. Sie wird verdrängt von einer Abfolge ungeordneter Töne, die Gemurmel werden, aus dem sich Worte filtern: Die weißen Möwen stürzten lotrecht vom Himmel, an meinem Fenster vorbei, als wollten sie signalisieren, daß es auch für mich an der Zeit wäre, die Anziehungskräfte der Erde ausnützend, die Lebensgrenze zu überschreiten.

Lange nach dem Autounfall, ohne Voranmeldung, kamen die Zweifel. Die morgendlichen Zwiegespräche vorm Spiegel waren Gespräche mit jemandem, dem er nicht glaubte, zum Beispiel Vorwürfe über verpaßte Chancen, den Tod verpaßt zu haben in Auschwitz, nicht ermordet worden zu sein wie seine Eltern. Er durfte als einziger der Familie überleben, bei Volkerts, ausgerechnet bei denen, eine Nazifamilie, herrschsüchtige, strenge, unnahbare Leute, aber sie halfen ihm, zu überleben, sich eine Zukunft aufzubauen.

Lange blieb ein Rest von dem übrig, was in der Forschung als Survival Guilt bezeichnet wird, sich schuldig zu fühlen, weil man überlebt hat. Eine Art metaphysischer Schuld seinen Eltern gegenüber,

Jude im Machtbereich der einstigen Henker. Anklagen wollte er. Er wurde Oberstaatsanwalt. Dann fällt ihm Ungarn ein, ja, er war mal da. Warum? Er kann es nicht sagen. Budapest. Ein altes Gemäuer. Warum sieht er Bilder eines alten Gemäuers in Budapest? Das Leben ist voller Irrationalität, denkt er und seift sich erneut ein, für eine zweite Rasur.

Früher kämpfte er für eine radikale Änderung des Systems. Umdrehen wollte er alles, von oben nach unten. Später wehrte er sich gegen die Zwänge der Industrie, die nur durch pathologisch übersteigerten Konsum auf Touren zu halten ist. Irgendwann – in den letzten Jahren geschah es – wehrte er sich nicht mehr, er hörte auf, anklagen zu wollen. Er hatte mit einer Gründlichkeit resigniert, die nur ihm eigen war. Geblieben waren bis vor kurzem nächtliche Ängste, die ihm Bilder eines langsamen Siechtums vorgaukelten. Das will ich nicht, sagt er, und er wiederholt: Das will ich nicht – dahinsiechen.

Während er den Seifenschaum aus dem Gesicht tupft und sich mit einem weichen Handtuch abtrocknet, denkt er: Da ich wie alles auf der Erde von grob materieller Beschaffenheit bin, ist nicht auszuschließen, daß ich, wie die Materie, unsterblich bin.

Er reibt sich mit einem Rasierwasser ein, herb duftend, blickt sich im Spiegel an. Fünfzehn Minuten sind um, er weiß es, seine innere Uhr ist nicht durcheinanderzubringen. Seit Jahren steht er um halb sieben auf, egal, ob er spät oder früh ins Bett gegangen ist, um halb sieben steht er auf, ohne Uhr, ohne Wecker, die Uhr richtet sich nach ihm.

Ein ängstlicher Mann, könnte man denken. Weit gefehlt! Ein mutiger Mann! Mutig, gefürchtet wegen seiner Direktheit. Er schiebt seine Brille ein paar Mal den Nasenrücken hinauf, bei Nervosität rutscht sie, er räuspert sich. Dann sagt er, was er denkt, oder was er fast denkt, immer aber sagt er, was er sagen will. Daraus ergibt sich: Er ist ein gescheiter Mann. Nichts gelangt unkontrolliert über seine Lippen, er sortiert, steuert, denkt auf drei Ebenen, dennoch: beeindruckend unzimperlich im Aussprechen von Wahrheiten, der Herr Oberstaatsanwalt, der metallene Käfer, der von sich behauptet, er habe sich überlebt. Viele haben den Eindruck, er benötige Feinde mehr denn Freunde.

Heute ist Sonntag. Er hat bereits gefrühstückt. Im Schlafzimmer öffnet er jetzt den Kleiderschrank, in dem die Faschingskostüme der letzten Jahre ordentlich beieinanderhängen: ein Polizist, ein Mörder, ein Selbstmörder, ein Bär, eine Möwe, eine Möwe ... Er stockt. Die Möwe, ein Geschenk von Volkerts Kindern vor drei Jahren, eigenartiges Kostüm. Alle Kostüme hatte er schon mal getragen, die Faschingsfeierlichkeiten in dieser Stadt sind Höhepunkte des Jahres, und er liebt es, schätzt es, mal aus seiner Haut zu schlüpfen und jemand anders zu werden, und Möwe war er noch nie.

Während er also schwerfällig in das Möwenkostüm steigt, blättert er in einem Stapel von Zeitungen, die er auf dem Nachttisch gesammelt hat. Er liest. Auszüge aus einem Rundfunkinterview des israelischen Ministerpräsidenten. Darunter fettgedruckt: ... veröffentlichen wir die folgenden auf einer inoffiziellen Übersetzung der Associated Press beruhenden Textauszüge. Auch schon wieder eine Ewigkeit zurück, denkt er, beinahe vergessen. Er liest: Seit Generationen haben Israels Feinde die Juden als habgierig bezeichnet. Ich habe niemals einem Nichtjuden vergeben, der so etwas sagte, denn ich erinnere mich meines Vaters, der in Frieden ruhen möge, er wurde von den Deutschen umgebracht. War er habgierig? Ich erinnere mich all der Juden, unter denen ich lebte, unschuldige Leute, Handwerker. Schreiner, Schneider und Schuhmacher, sie verdienten ihr Brot im Schweiße ihres Angesichts.

Er räuspert sich und hat Mühe, in den linken Flügel des Kostüms zu kommen. Er streckt den Arm und dreht den Körper etwas nach rechts, dabei liest er: Was tut der Kanzler, der deutsche? Geht er nach Saudi-Arabien, um dort irgendeine Prinzessin zu küssen? Hätte er dergleichen getan, was der Himmel verhüten möge, würde man sie vielleicht zusammen mit ihm getötet haben. Er geht nach Saudi-Arabien, um Geschäfte zu machen. Na schön. Er reist also ohne Leopard-Panzer, aber: Er hat andere Waffen.

Er versucht den rechten Flügel. Er schafft es nicht, kann es nicht schaffen, weil der Ärmel zugeknöpft ist. Er schiebt umständlich die Knöpfe durch die Knopflöcher. Seine Hände sind ungeschickt, zwei linke Hände. Dabei liest er: Ich verkaufe euch Waffen, und ihr verkauft mir Öl, sagt der Kanzler. Ich behaupte ja nicht, daß er auf persönlichen Gewinn aus ist, aber wer ist der Habgierige? Ich kenne ihn persönlich nicht, aber von einem nationalen Gesichtspunkt aus betrachtet, ist das Habgier der schlimmsten Art.

Beide Arme stecken in den Flügeln des Kostüms. Es hat ihn Anstrengung gekostet. Er holt vom Nachttisch ein schmales silbernes Zigarettenetui, klappt es auf, holt eine Zigarette heraus, versucht, die Flügel, die nach vorne fallen, nach hinten zu drücken – die Augen bleiben während dieses Vorganges auf der Zeitung –, klappt das Etui zu, schiebt es in die Hosentasche, steckt die Zigarette in den Mund, wobei er das Oberteil des Kostüms hochzieht. Dabei liest er: Vielleicht nehme ich eine besondere Haltung gegenüber dem ein, was die Deutschen unserem Volk antaten, und das ist nicht nur eine persönliche und subjektive Angelegenheit. Ich weiß, wie meine Mutter, mein Vater, mein Bruder und zwei Vettern – von denen einer vier und der andere fünf Jahre alt war – in den Tod gingen. Mein Vater ging ihnen gemeinsam mit fünfhundert Juden voran. Er war Sekretär der Jüdischen Gemeinde in Brest. Sie sangen das jüdische Lied …, ich glaube, Hatikwa.

Er holt aus der Tasche, in die er das Etui geschoben hat, ein Feuerzeug, zündet die Zigarette an, die er stets zwischen Mittel- und Ringfinger einklemmt, zieht das Nikotin tief in sich hinein und stößt den

Rauch mit spitzem Mund aus. Gleichzeitig läßt er das Feuerzeug wieder in der Tasche verschwinden.

Er liest: Die Deutschen stießen sie in den Fluß, eröffneten von beiden Seiten mit Maschinengewehren das Feuer, und der Fluß färbte sich rot. Rot von Blut.

Ja, das Oberteil sitzt. Er blickt sich im Spiegel an. Eine halbe Möwe ist er schon. Eine Möwe mit eiserner Halskrause. Er verspürt einen Appetit, der sich nicht an die Zeit hält. Er bewegt sich ruckartig als halbe eiserne Möwe in die Küche, öffnet den Kühlschrank und holt ein in Gelatine zitterndes Kotelett heraus, welches er, nachdem er die Zigarette ins Abwaschbecken geschmissen hat, augenblicklich verspeist. Dabei erinnert er sich, daß er sich früher als Schüler, auch noch als Student, seiner Sorgen und Probleme entledigte, indem er sie mit allem, was er in der Speisekammer, später im Kühlschrank vorfand, verspeiste. Probleme aufessen nannte er das.

Wie von einem Motor angetrieben, bewegt er sich weiter in sein Arbeitszimmer, zum Schrank, in dem er Strandgut sammelt. Alte Pistolen, alte Münzen, seltene Steine. Er öffnet ihn. Die Innenseiten der Türen mit Spiegelglas bestückt, Kristallspiegel aus allen Zeiten, stückchenweise an die Schranktüren genagelt. Er sammelt alte Spiegel. Immer und immer wieder der Versuch, sich vorzustellen, was die barocken Spiegelstücke alles gesehen haben mögen. Seine Phantasie hat keine Grenzen. Er sieht die halbe Möwe unendlich viele Male halbiert, im alten Glas, das sich im Glas widerspiegelt. Augen fehlen noch, der Schnabel, die Füße. Der metallene Käfer, die eiserne Möwe, denkt er und blickt sich durch die Sehschlitze an, fällt vom Himmel, tot. Wie in den Himmel gelangen? Er greift zur Cognacflasche, gießt ein und trinkt. Wippen des Körpers, vorwärts, rückwärts, einige Male das Glas vorm Mund, in der äußersten Rückwärtsbewegung abrupt stillstehend – der Cognac schießt von allein in den Hals. Mit dem Cognac ein Blitzlicht in ihm, eine Sargaufschrift: Santa Margarita 1242–1271. Er hatte gestern über sie gelesen, Santa Margarita, deswegen Budapest.

Er versucht in den unteren Teil des Kostüms zu kommen. Er dreht sich auf dem rechten Fuß wegen des Gleichgewichtes und steckt den linken in das Kostüm. Das wäre geschafft, anstrengende Arbeit, bei seiner Unbeweglichkeit. Und wieder sieht er ein altes Gemäuer in Budapest vor sich. Santa Margarita, 1242–1271. Die Tote scheint ihm so vertraut.

Er greift nach den Zeitungen und blättert in ihnen, was könnte ihn interessieren, er kennt alles oder fast alles, gesammeltes Material, wegen wichtiger Informationen. Die Wichtigkeit der Informationen hat an Bedeutung für ihn verloren. Er weiß, wie die Welt funktioniert. Er liest: Nach vierzig Jahren die ersten Annäherungen zwischen Juden und Deutschen.

Als er sich umdrehen will, reißt das Kostüm am rechten Fuß etwas auf. Macht nichts, denkt er, kaum zu sehen, die Krallenschuhe werden es verdecken. Er denkt, die Welt ist in ihrem Tötungswahn nicht mehr zu bremsen. Auch Menachem Begin hätte sich um Vergebung bemühen können. Obwohl der deutsche Kanzler ... Im Jahre 2015, denkt er, wenn man des siebzigsten Jahrestages des Kriegsendes gedenken wird, werden alle Überlebenden tot sein. Die Geschichte muß sich dann ohne Zeitzeugen ihren Weg bahnen.

Die Möwe ist fast fertig, der Schnabel befestigt. Er hebt die Arme, auf ihnen die Flügel. Ja. Er macht Flugbewegungen, eine beeindruckende Möwe. Dabei dreht er die Hände, als wolle er sich ergeben. Er bewegt die Flügel gegen die Flugrichtung, als wolle er landen. Dabei sieht er die Linien seiner Hand. Die Linien seiner Hand wechseln wie die Wetter. Bei schönem Wetter zum Beispiel verlängert sich die Lebenslinie, bei schlechtem verkürzt sie sich. Bei schönem Wetter lebt er hundert Jahre, bei schlechtem müßte er längst gestorben sein. Eine Kuriosität auf der Welt.

In die Krallenschuhe ist er geschlüpft, stehend, er greift erneut zu einer Zigarette, die er anzündet. Er denkt: Atomwaffen, der Iran, hat er sie schon, hat er sie bald? In der linken Seite sticht ihn etwas, er zieht eine Nadel aus dem Kostüm. Jetzt knöpft er das linke Auge ein, Augen wie Tränen, die Sicht verschwommen. Er sieht die Balkontür zweimal, dennoch die Konturen deutlich. Er steht vorm Schreibtisch, er schiebt die Möwenaugen beiseite, blickt auf eine Fotografie: sein Sohn, der nicht mehr am Leben ist, seine Frau, die nicht mehr am Leben ist. Sie waren beide bei jenem Autounfall gestorben. Er war gefahren. Leichtsinnig, mit überhöhter Geschwindigkeit. In einer Kurve überschlug sich der Wagen.

Sein Blick bleibt auf dem Foto seiner Eltern. Sein Herz beginnt zu rasen, als seien Auge und Herz miteinander verbunden. Er knöpft das zweite Auge ein und sieht im Spiegel verschwommen: eine Möwe.

Er gießt sich noch einen Cognac ein, bewegt sich ruckend zur Balkontür, öffnet sie, blickt zur Straße hinunter, kaum Menschen. Oder doch? Er schiebt die Möwenaugen vors Gesicht – alles verschwommen. Der Blick kann nichts Genaues mehr ausmachen: Menschengewimmel, Bewegung, wie Ameisen, er wohnt im siebzehnten Stock, fast im Himmel. Das Geländer erscheint zu niedrig, zu niedrig für einen wie ihn. Dennoch keine Eile, denkt er, obwohl Eile das Gebot aller Erfahrungen seiner Generation ist. Auf sich möchte er einige Minuten verwenden, aber … was sollte er auf sich verwenden, da er entschlossen ist. Wie eine Katze im Sterben ins Unsichtbare kriecht, kriecht er mit seinem lächerlichen Sterben ins Dunkle, ins Unsichtbare, denkt er, ins Faschingskostüm, verwandelt in eine Möwe.

Er hebt das Glas zum Mund, wippen, vorwärts, rückwärts, vorwärts, rückwärts, mehrere Male, dann beginnt er zu schwanken. Seine Linke sucht nach einem Halt, halten will er sich, wo ist das Geländer? Es gibt nach oder ist nicht da, das kann nicht sein, weg mit dem Kostüm, weg damit, halt, schreit er, oder er will es schreien, aber dann geschieht es: Er spürt, daß er sich über das Geländer hebt. Das Cognacglas fällt ihm ein. Warum habe ich es noch in der Hand? Warum, warum?

Eine Möwe, die auf Kopfsteinpflaster aufschlägt, vom Himmel gefallen.

Er steht inmitten eines alten Gemäuers, vor einem schmucklosen roten Grabstein, darauf eine Taube, davor ein Totenstrauß, er liest: Santa Margarita, 1242–1271. Noch einmal hört er das Aufschlagen einer Möwe. Wohin fällt sie, wohin fällt sie nur? Das gleiche Geräusch: Aufschlagen auf Pflaster. Der tote Friede.

Gleichzeitig ein Blitzlicht. Da steht sie: Santa Margarita. Ganz und gar unheilig und vertraut. Aus dem Schatten seines Denkens, seines letzten Denkens tritt sie hervor. Sie bewegt sich wie er in den Resten des alten Gemäuers. Dann steht sie vor ihrem Grab, sie lächelt ihn an, und er erwidert das Lächeln. Sie streichelt die tote Taube und hält die Tulpen vors Gesicht, deren Duft sie einatmet. Dabei betrachtet sie ihn. Und er denkt: Wie vertraut mir alles ist, wie vertraut sie mir ist. Alles an ihr ist mir bekannt. Aus welchem Leben?

Die Krokodiltasche

Er erinnert sich, wie er noch als Student und also ohne Geld in Wien an einem kalten Winterabend nach Hause ging und im Schnee etwas Dunkles erspähte. Beim genaueren Hinsehen war es eine Handtasche. Krokodilleder. Eine reiche Madame. Da er die Hände mit Büchern voll hatte, schob er die kleine Tasche mit dem Fuß vor sich her, bis zur Straßenkreuzung, erst dort hob er sie von der Bordsteinkante auf. Er mochte sich nicht tief bücken, die Bücher wären ihm vielleicht aus der Hand gerutscht. Die Bordsteinkante war an dieser Stelle hoch.

Zu Hause betrachtete er seinen Fund. Parfüm, Schminke und locker, wie hineingeschmissen, vierhunderttausend Schilling. Soviel hatte er sein Leben noch nicht gesehen. Er dachte, die Handtasche sei absichtlich auf die Straße gelegt worden, um ihn in Versuchung zu führen. Könnte doch sein.

Also entschloß er sich, die Polizei anzurufen. Die kam, drehte und wendete die Tasche. »Schicke Tasche haben Sie da gefunden. Hier gibt es die vielen Edelnutten, na? Sie wissen doch? Hier haben Sie fünf Prozent Finderlohn.«

»Mehr nicht?«

»Bis hunderttausend Schilling gibt's zehn Prozent, bei mehr fünf. Das wär's.«

Als die Polizei ging, zwei Männer um die Dreißig, sagte er sich: Nun fühle dich von Grund auf ehrlich. Er sagte sich: Was hätte ich mit dem Geld schon angefangen? Etwas Unwichtiges gekauft, essen gegangen, jemanden eingeladen, vielleicht eine Reise gemacht. Vielleicht wäre er auch eine Woche besoffen gewesen. Vielleicht, vielleicht. Er sagte sich: Sei zufrieden, du kannst ein ruhiges Gewissen haben, du hast dich ehrlich verhalten, du bist nicht übel. Geld macht nicht glücklich. Du wirst auch ohne Geld glücklich, das weißt du. Du hast nämlich eine ehrliche Tat begangen, du hast dich überwunden. Darüber wirst du ein Leben lang zu berichten wissen.

Und was war?

Kam nicht am nächsten Tag der Katzenjammer? Was für ein Idiot bist du! Hatte er einmal von seiner ehrlichen Tat erzählt? Nein. Er schämte sich.

Das waren seine Schwierigkeiten mit der Ehrlichkeit, der Wahrheit: die Mitwirkung der Dummheit, und die quälte ihn.

Er begann sich Sorgen zu machen. Wie dumm bin ich? fragte er sich.

Pohsner und Passmann

Alle Betrüger, Politiker, Geschäftemacher und andere, die ihre Schurkerei mit gutem Gewissen und klarem Kopf ausdachten und ausführten, verloren sowohl den klaren Kopf als auch das gute Gewissen durch ihn, denn er war der Korruption, dem Betrug, der Lüge und dem Verrat auf der Spur. Er, Viktor Pohsner, der mutigste Journalist und Autor in der Stadt B., kannte keine Gnade mit Schurken. Dementsprechend waren die Schikanen. Im folgenden Bericht soll nur von einer der vielen Schikanen gegen ihn die Rede sein.

Viktor Pohsner erhielt einen Brief vom Einwohnermeldeamt. Der knappe Inhalt lautete: Wegen der Rechtschreibreform werde sein Name Pohsner nicht mehr mit hs, sondern mit Doppel-s geschrieben. Sein Personalausweis sei umgehend im Amt soundso zur Namenskorrektur abzugeben.

Viktor Pohsner schrieb einen Brief zurück und teilte darin mit, daß sein Name immer schon mit hs geschrieben wurde, seit Generationen, und er verweise auf den Duden, in dem es heißt, die Schreibung der Familiennamen unterliege nicht den allgemeinen Richtlinien der Rechtschreibung. Punkt.

Es kam zu einem regen Briefwechsel zwischen Viktor und der Behörde, und Viktor schrieb, er wolle vom Einwohnermeldeamt wissen, ob es einen Sinn hinter dieser Umschreibeaktion gebe oder ob es eine Schikane sei. Statt einer Antwort erschienen Bußgelddrohungen – serienweise. Viktor schrieb Briefe zurück – serienweise. Auch an die übergeordnete Stelle, den Beschwerdeausschuß des Stadtrates von B., und dort zeigte man zunächst Verständnis für den Wunsch Viktors, seinen Namen auch weiterhin mit hs zu schreiben. So die Formulierung des Beschwerdeausschusses.

Doch als der Regierungspräsident von B. für das Einwohnermeldeamt Partei ergriff, mit dem Argument, heute sei bei Namen nur noch das Doppel-s zu verwenden, keinesfalls jedoch das hs, gab der Beschwerdeausschuß klein bei.

Doch Viktor nicht. Er schrieb: Im Falle einer Umbenennung wolle er auch amtlich umgetauft werden. Darauf die lakonische Erwiderung des Einwohnermeldeamtes: Wenn Sie nicht umgehend den Paß zur Umschreibung herausgeben, wird der Paß für ungültig erklärt.

Darauf Viktor: Bevor er den Paß rausrücke, bestehe er auf einer kirchlichen Umtaufung. Kurz, der Briefwechsel entbehrte nicht einer gewissen Komik, die von Viktor forciert wurde und die die Behörde immer mehr auf die Palme brachte.

Und so die Reaktion der Behörde, sie schrieb: Ihr Ausweis ist ab jetzt ungültig. Punkt.

Und Viktor? Er fragte die Behörde noch einmal, welcher Sinn, welcher Gedanke hinter dieser Umschreibeaktion stecke. Ihm das mitzuteilen sei doch das mindeste, was er verlangen könne, bei einem so schwerwiegenden Vorgang wie der amtlichen Veränderung seines Namens, den er seit Generationen so und nicht anders habe. Es sei ja kein Schabernack von ihm, daß er sich mit hs schreibe. Er habe sich den Namen doch nicht ausgesucht, um die Behörden zu ärgern. Es sei vielmehr eine Frage der menschlichen Würde, des Anstandes und des Respektes, nicht mit Namen zu verfahren, wie mit seinem verfahren werde, und das alles ohne Mitteilung eines Sinnes bei dieser unwürdigen Aktion.

Viktor spickte diesen Brief mit Daten aus der Historie, in der im Mittelalter ein Heinrich Großherz sich das Leben genommen habe, weil ihm das »Groß« vor dem Herz abgesprochen worden sei. Er werde gegebenenfalls sich auch das Leben nehmen, sollte die Behörde ihn weiterhin schikanieren wollen, so wie sie es gerade tue. Viktor war guter Dinge, ihm begannen die Vorgänge um seinen Namen Spaß zu machen. Er bombardierte die Behörden mit Briefen, und die Behörden reagierten so, wie Behörden eben reagieren, gar nicht, oder wenn, amtlich.

Schließlich jedoch antwortete der Regierungspräsident selbst. Er schrieb: Den Sinn der Umschreibeaktion könne auch das Regierungspräsidium nicht erschöpfend erklären. In jedem Fall aber sei die Haltung der Regionalbehörde durch hochkarätige Rechtsprechung gleich mehrfach abgesichert. Hochachtungsvoll, und so weiter und so weiter.

Darauf Viktor an den Regierungspräsidenten: Hinter einer hochkarätigen Rechtsprechung, die die Umschreibeaktion gleich mehrfach absichert, müsse es ja auch mehrfache Gründe geben. Deswegen verstehe er den ersten Abschnitt des Briefes nicht, in dem es heiße, den Sinn der Umschreibeaktion könne auch das Regierungspräsidium nicht erschöpfend erklären. Ob denn dem Herrn Regierungspräsidenten dieser Widerspruch nicht aufgefallen sei?

Darauf der Regierungspräsident zurück: Sehr geehrter Herr Pohsner! Zur Wiedergabe des Zeichens hs hat in neuerer Zeit das Zeichen ss in lateinischer Druckschrift Aufnahme gefunden. Wieder hochachtungsvoll, und so weiter und so weiter. Mehr nicht.

Es schien, als sei die Geduld der Behörde, besonders des Regierungspräsidenten, am Ende.

Viktor setzte sich an den Schreibtisch und erwiderte stante pede: Sehr geehrter Herr Regierungspräsident! Es scheint, Sie und Ihre Behörde sind mit Ihrem Latein am Ende, besonders mit dem Latein, in dem in neuerer Zeit im Deutschen das Zeichen ss statt des Zeichens hs Aufnahme gefunden hat. Sehr geehrter Herr Regierungspräsident, wird mein Name geändert, werde auch ich geändert, und zwar sehr konkret von einem Hermaphroditologen – der Einfachheit habe ich diesen Ausdruck für einen Spezialisten erfunden, der jederzeit und an jedem Ort einen Mann und eine Frau in das geschlechtliche Gegenteil umzuwandeln in der Lage ist. Sollte also mein Name Pohsner, mit hs geschrieben, durch ein

Possner mit ss verunstaltet werden, wird meine Reaktion folgende sein: Ich werde mich dann vom genannten Spezialisten in einen Hermaphroditen verwandeln lassen und auf einer weiteren Änderung meines Namens bestehen, nämlich auf Viktoria Pohsner, und damit wird mein Fall ein Fall für die große Öffentlichkeit.

Ich darf Ihnen eine Geschichte erzählen, die mit meiner von Ihnen inszenierten Geschichte nur geringe Ähnlichkeit hat, die Reaktion der Öffentlichkeit könnte dagegen sehr ähnlich werden. Ein Gericht in Chicago mußte sich mit der Klage eines ehemaligen Piloten befassen, der nach einer Geschlechtsumwandlung als Pilot entlassen werden sollte. Das ist schon Jahrzehnte her. Frank McLane hieß er vorher, und Frank McLane heißt er immer noch, obwohl er eine Sie ist. Die Geschlechtsumwandlung fand vor dem Vietnamkrieg statt. Sie behielt den Namen Frank, sie flog schon über ein Jahrzehnt sicher ein Verkehrsflugzeug, sie wurde ja für einen Mann gehalten, und plötzlich entdeckte jemand, daß dieser Frank eine Frau war. Wahrscheinlich beim Duschen. Das hörten die Verantwortlichen von Eastern Airlines und forderten eine sofortige Namensänderung. Als Frau dürfe sie nicht Frank heißen, sie solle sich umgehend Francis nennen. Andernfalls würde sie entlassen, weil sie ein Sicherheitsrisiko darstelle. Ihr Anwalt führte aus, daß seine Mandantin als Kampfpilot der amerikanischen Luftwaffe im Vietnamkrieg über hundert Einsätze geflogen habe. Und Sie sagen, meine Herren von

Eastern Airlines, sie sei ein Sicherheitsrisiko? Ausweis her, Namenskorrektur, anderenfalls Entlassung. Und nun machte auch Frank McLane ihren Fall öffentlich. Sie sprach mit der Presse, mit dem Fernsehen und in öffentlichen Veranstaltungen über ihre Geschlechtsumwandlung. Und jetzt, bester Herr Regierungspräsident, trat die Öffentlichkeit auf den Plan. Sie forderte, daß die Verantwortlichen von Eastern Airlines sich einer Geschlechtsumwandlung unterziehen müßten, um sie dann als Sicherheitsrisiko ebenfalls aus ihren Ämtern zu entlassen. Das Volk lachte über diesen Vorfall aus vollem Halse, die Verantwortlichen rückten schnell von der geforderten Namensänderung ab und versuchten sich zu verdrücken und sich mit Lügen aus der Angelegenheit zu mogeln. Nie hätten wir Frank McLane entlassen wollen, nie.

Vielleicht sollten Sie darüber nachdenken, bester Herr Regierungspräsident. Hochachtungsvoll.

In den nächsten Tagen geschah gar nichts, Viktor konnte getrost abwarten, da die Behörde den nächsten Schritt tun mußte. Nach etwa einer Woche klingelte es an Viktors Tür. Viktor öffnete. Ein Herr stand Viktor gegenüber und bat, hereinkommen zu dürfen.

»Bitte kommen Sie herein, ich bin sicher, Sie kommen wegen meines Namens. Nehmen Sie Platz«, sagte Viktor.

Der Herr setzte sich, ein eleganter Herr, etwas kurz geraten. Vielleicht der einzige Minuspunkt an einer ansonsten auffallend gepflegten Erscheinung.

Eine tadellos sitzende Frisur, ein wie mit dem Lineal gezogener Scheitel, dazu ein Schnauzer von der gemütlichsten Dämonie, die Enden nach oben gezwirbelt, was ihm den Ausdruck größter Freundlichkeit verlieh.

Viktor versuchte sich das Gesicht ohne Schnauzer vorzustellen. Dazu kniff er ein Auge zu. Dieser Mann, entschloß er sich zu glauben, sähe ohne Schnauzer griesgrämig aus. Denn die Mundwinkel gingen abwärts, wie bei Politikern, wenn's mit der Weltgeschichte abwärtsging. Dagegen stand der Schnauzer optimistisch – wie schon gesagt – nach oben, reichte mit den gezwirbelten dünnen Enden sogar über die Nasenflügel hinaus, was die Höhe anging. Tatsächlich strich sich der Herr über die Haare, als gelte es, an der tadellosen Frisur etwas in Ordnung zu bringen. Er zwirbelte die dünnen Bartspitzen nach oben, blickte Viktor eindringlich an und sagte: »Sie haben recht. Ich komme wegen Ihres Namens.«

»Und?« fragte Viktor und dehnte das »und«.

Der elegante Herr öffnete eine Aktentasche, holte einiges Papier hervor – Viktor erkannte seine Briefe –, schob seine halbrunde Brille auf die Nase, über deren Rand er Viktor betrachtete, mit einem Augenaufschlag biederster Offenheit. Noch sagte der elegante Herr nichts, noch fragte Viktor nichts. Beide blickten sich an, betrachteten sich, als hätte man sich geeinigt auf der Basis stummer Betrachtung.

Ich bin gespannt, dachte Viktor, wie lange der elegante Herr das einsame »und« unbeantwortet im Raume stehen lassen wird. Noch verstreicht Zeit, immer und immer noch, dieser Mann hat kein Gefühl für Pausen, dieser Mann hat Nerven wie Stricke. Viktor rächte sich für die unverschämt lange Pause, indem er sich eine Zigarette in Zeitlupe anzündete, ohne dem Besucher ebenfalls eine anzubieten. Die Höflichkeit einschränken, das mußte er.

»Also Sie sind nicht einverstanden«, sagte schließlich der elegante Herr, »Ihren Namen zu ändern«, sich ebenfalls eine Zigarette anzündend, ebenfalls wie in Zeitlupe, Viktor zu verstehen gebend, er habe dessen Unhöflichkeit verstanden. »Wissen Sie«, sagte er, »ich bin inoffiziell hier, ohne Veranlassung einer Behörde, einer Institution. Wenn Sie so wollen, ganz privat, um Ihnen einige Auskünfte zu geben. Der Briefwechsel zwischen Ihnen und dem Regierungspräsidenten einerseits, zwischen Ihnen und dem Einwohnermeldeamt andererseits hat satirischen Charakter, der, wie ich annehme, von Ihnen beabsichtigt ist. Aber nun zum Inhalt dieser Umschreibeaktion. Sie geschieht nicht nur wegen der Rechtschreibreform, sie geschieht aus sicherheitspolitischen Erwägungen.«

Der elegante Herr hob den Kopf. Haltung und Miene drückten große Ernsthaftigkeit aus. Er sah aus, wie Politiker aussehen, wenn sie im Fernsehen gegen den Sinn der Welt sprechen müssen. Dabei blickte er Viktor nicht in die Augen, sondern aufs Kinn, als würde er für Viktor das rechte Maß nicht finden können, und wenn schon, ein geringeres. Viktor schrumpfte in den Augen des eleganten Herrn, der eigentlich wesentlich kleiner als Viktor war, indem er nicht hinauf-, sondern angestrengt, auf Zehenspitzen gewissermaßen, auf ihn herabblickte. Viktor war der Blick aufs Kinn unangenehm einerseits und angenehm andererseits, er hatte Zeit, den eleganten Herrn genau zu betrachten. Eine Mischung eines angenehmen und unangenehmen Typs, der seine kaffeebraunen Augen von den Akten, die er auf den Tisch gelegt hatte, zurück auf Viktors Kinn wandern ließ. Pendelverkehr der Augen. Eine Bewegung, die von seinen Fingern begleitet wurde, sich ein- und aushakelnd, in eine Bethaltung schiebend, erstarrend, schließlich nur noch die Daumen umeinander drehend.

»Um offen zu sein, ich habe mich in der letzten Zeit mit Ihrem Fall beschäftigt. Ich hatte natürlich ein ganz bestimmtes Bild von Ihnen, und nun sehe ich einen Mann vor mir, der nicht die geringste Ähnlichkeit mit dem meiner Vorstellungen hat.«

Psychologische Kriegführung, fuhr es Viktor zunächst durch den Kopf. Was will er wirklich hier? Diesen Gedanken drehte er einige Male im Kopf wie jener die Daumen. Was will er wirklich hier?

»Was wollen Sie hier?« fragte Viktor schließlich.

»Ich wollte Ihnen mitteilen, wie ich schon erwähnte«, sagte der elegante Herr, »daß wir gezwungen sind, aus sicherheitspolitischen Gründen die Sprache zu vereinfachen. Aus hs wird ss, aus ph wird f, aus ch wird k. In Zeiten der Computerfahndung kann ein Straftäter sonst womöglich mühelos durch die Sicherheitsnetze schlüpfen, wenn sich mal ein Beamter in der Schreibweise irrt.«

»Kommen Sie vom Verfassungsschutz?« fragte Viktor.

Der elegante Herr machte eine unbestimmte Kopfbewegung, die offenließ, ob es sich um ein Ja oder Nein handelte, dann fuhr er fort: »Sie können natürlich beim Verwaltungsgericht in B. Klage einreichen, Sie können ein Fall für die Öffentlichkeit werden durch medizinische Manipulation, wie Sie in einem Ihrer Briefe androhten. Aber es wird Ihnen alles nichts nützen.«

»Was wird mir denn nützen?« fragte Viktor.

»Nichts. Ihr Name wird geändert. Aus Pohsner mit hs wird Possner mit Doppel-s. Es geht um die Sicherheit unseres Landes, um die Sicherheit der freiheitlichen Demokratie.«

Der elegante Herr hatte völlig leidenschaftslos gesprochen, doch den Blick das erste Mal zu Viktors Augen erhoben, kurz nur, aber lang genug, fast zu lang für Viktor, der den Augenblick des eleganten Herrn kaum ertragen konnte. Er zog an seiner Zigarette, er blies wohlgeformte Ringe in die Luft und blickte ihnen hinterher, zufrieden mit der Kunst seiner Zunge, so etwas produzieren zu können: Nullen, schöne runde Rauchnullen, die er in die Nähe des eleganten Herrn blies.

»Lauter Nullen«, murmelte er.

»Wie bitte?«

»Eine Null da, eine Null hier, ich habe es mit lauter Nullen zu tun, mein Herr.«

Der elegante Herr schwieg und blickte über den Halbmond seiner Brille hinweg, die jetzt auf die Nasenspitze gerutscht war, wieder auf Viktors Kinnspitze. Viktor zog eine Uhr aus der Tasche, ein Erbstück seines Vaters, und ließ den Deckel aufspringen als Zeichen, wir haben uns lange genug unterhalten. Dennoch, der Gedanke, den eleganten Herrn zu bitten, seinen Hut zu nehmen und nach Hause zu gehen, erschien ihm absurd. Im Gegenteil. Er spürte, daß er dem Mann mehr sagen würde und müßte, als er vorgehabt hatte.

»Ich bin bereit«, sagte er, »mit Ihnen über Gott und die Welt, über Freiheit und Demokratie oder über sonst etwas zu sprechen, aber Ihre Ankündigung, daß Sie gezwungen sind, aus sicherheitspolitischen Gründen die Sprache zu vereinfachen – aus hs wird ss, aus ph wird f, aus ch wird k, weil in Zeiten der Computerfahndung ein Straftäter sonst womöglich durch das Netz der Sicherheit schlüpfen könnte –, veranlaßt mich, Ihnen einige Fragen zu stellen. Erstens: Was für einen plausiblen Grund sollte ich haben, nun, da ich weiß, wofür die Änderung meines Namens wichtig ist, Ihnen zuzustimmen, um bei Ihnen, falls ich mal, was Gott verhüte, straffällig würde, nicht mehr durch die Sicherheitsnetze schlüpfen zu können? Zweitens: Computer entstehen ja nicht von selbst, sondern werden von

Menschen bzw. von Ihnen gespeist oder ›gefüttert‹, wie Sie das nennen, in Ihrem Interesse also gefragt, bei meinem geringen Wissen über Computer, haben Straftäter doch viel weniger Chancen, durchzuschlüpfen, wenn die Namen von der Norm abweichen, weil die Zahl derer, die mit hs geschrieben werden, eingeschränkt ist, sie also leichter zu finden sind. Warum also? Drittens: Eine Frage an Sie ganz persönlich. Finden Sie es etwa angenehm, wenn in Zukunft, nur wegen Ihrer Straftäter, Christus mit K geschrieben wird?«

Der elegante Herr drückte seine Zigarette im Aschenbecher aus, schob die Akten zusammen, legte seine Hände flach und gekreuzt darauf und lächelte, ein Lächeln, das seinem Gesicht durchaus Charme verlieh. »Ein Mann wie Sie«, sagte der elegante Herr, »ein Mann mit Bildung, aber mit der denkbar geringsten Fähigkeit ausgerüstet, der Unordnung, der Korruption, der Anarchie in unserem Lande Ansichten und Einsichten gegenüberzustellen, kann leicht in die Situation kommen, seinem Land, wenn auch nicht als Feind, so doch, sagen wir mal, als Skeptiker, als Nörgler gegenüberzustehen. Da sind Grenzüberschreitungen zur Feindschaft nicht ausgeschlossen. Und nun zu Ihren Fragen: Ich bin wie Sie kein Fachmann in Computerfragen, kann sein, daß es ist, wie Sie sagen, kann sein, daß es nicht ist, wie Sie sagen. Ich denke, wir sollten es den Fachleuten überlassen. Die Gefahr, daß wir uns immer einmischen in Dinge, ich schließe mich da nicht aus, von denen wir nichts verstehen, kompliziert alles unnötig; ein bißchen Einsicht vereinfacht auch hier, und deswegen bitte ich Sie, mir Ihren Ausweis auszuhändigen.«

Viktor senkte seinen Kopf auf die Brust, wie Angeklagte es tun, wenn sie das Urteil des Richters entgegennehmen, sah auf die fast aufgerauchte Zigarette, die seine Finger zu verbrennen drohte, drückte sie aus und sagte: »Sie sagten, Sie seien inoffiziell hier, ohne Veranlassung einer Behörde, einer Institution, ganz privat, um mir einige Auskünfte zu geben. Statt dessen sind Sie hier, um meinen Ausweis zu verlangen. Wie geht das zusammen?«

»Ich habe ausdrücklichen Befehl«, sagte der elegante Herr.

»Das kenne ich«, sagte Viktor, stand auf, ging langsam zur Korridortür, öffnete sie, ging in die Küche, kippte sieben gehäufte Löffel Kaffee in den Filter der Kaffeemaschine und rief ins Zimmer: »Unser Gespräch ist auf den Hund gekommen. Angefangen hatte es in der Nähe einer Idee, und nun ist es verkommen zur Ausführung eines Befehls. Ein langer, ein anstrengender Weg. Sie haben sich einen Kaffee redlich verdient.«

Viktor blickte auf das Wasser, das durch das Kaffeepulver sickerte. Als es durchgesickert war, stellte er zwei Tassen, Sahne, Zucker aufs Tablett, goß den Kaffee in eine Kanne und ging zurück ins Zimmer, zum eleganten Herrn, der mitsamt seinem ausdrücklichen Befehl im Sessel zusammengesunken war.

Als er Viktor sah, setzte er sich wieder aufrecht, beförderte sich zu einem Mann, der einen Befehl auszuführen hatte, und Viktor sagte: »Na bitte, nun ist die Katze aus dem Sack, warum nicht gleich so? – Milch und Zucker?«

»Schwarz, ohne Zucker«, erwiderte der elegante Herr.

»Ich kenne Leute«, sagte Viktor, während er den Kaffee eingoß, »die bei ähnlichen Gesprächen, die nur vorgaben, Gespräche zu sein, in Wirklichkeit aber auf die Ausführung eines Befehls hinausliefen, ein kribbelndes Gefühl in Magen und Hodengegend hatten. Da dachten sie noch, sie hätten aufgrund besserer Informationen, besserer Rhetorik sich Vorteile im Gespräch verschafft, und in Wirklichkeit waren es nur Nachteile. – Wollen Sie einen Wodka?«

»Ja, gern.«

»Sind Sie Kommunist?«

»Wieso fragen Sie?«

»Alle Wodkatrinker sind Kommunisten. Ich vereinfache, wie Sie es taten.«

Der elegante Herr stand auf, zog den Mantel glatt, nahm stehend einen Schluck Kaffee. Es schien, als habe er die Lust am Kaffee, an Viktor, am Gespräch, an der Ausführung seines ausdrücklichen Befehls verloren. Er schob die Akten und Unterlagen, die er vom Tisch holte, in die Tasche, nahm das Wodkaglas, das Viktor vor ihn hingestellt hatte, und sagte: »Dann trink ich auf Ihr Wohl.«

»Danke«, erwiderte Viktor, »und ich auf Ihres. Zum Wohle!«

»Zum Wohle!«

Der elegante Herr strich sich noch einmal über die tadellos sitzende Frisur, zwirbelte seinen Schnauzer an der rechten Seite in die entsprechende Höhe und sagte: »Dann darf ich mich verabschieden. Ich möchte Ihnen ein Auf Wiedersehen ersparen.«

»Aber vielleicht will ich Sie wiedersehen, wer weiß, es könnte doch sein, daß dem ersten Eindruck ein zweiter folgen würde, nicht wahr, und der wäre ganz anders als der erste«, sagte Viktor und lächelte so infam wie möglich.

Und der elegante Herr lächelte zurück, so infam wie möglich, als er sagte: »Sie haben durchaus recht, es könnte so sein.«

Noch im Korridor sagte Viktor: »Sie sagten vorhin, Sie hätten sich in letzter Zeit ausgiebig mit meinem Fall beschäftigt und haben infolgedessen ein ganz bestimmtes Bild von mir. Wie ist das Bild?«

Der elegante Herr überhörte die Frage und sagte: »Ich habe mich nicht vorgestellt. Ich heiße Passmann, Georg Passmann, früher mit hs, jetzt mit ss. Ich habe meine Umschreibung bereits hinter mir, das Doppel-s, ich gestehe es ist mir ebenfalls schwergefallen. Vielleicht …«

»Vielleicht?«

»Vielleicht hätte ich mich wehren sollen, wie Sie«, sagte Georg Passmann und drückte Viktor die Hand.

Und Viktor sagte: »Sie haben meine Frage noch

nicht beantwortet. Sie haben ein bestimmtes Bild von mir, das Sie korrigieren mußten. Wie ist das Bild?«

Ohne auf die Frage einzugehen, nahm der elegante Herr seine Brille von der Nase und ging die Treppe hinab.

Als er schon vor der Haustür stand, rief Viktor: »Auf Wiedersehen, Herr Regierungspräsident, ich bleibe beim Auf Wiedersehen.«

Georg Passmann blieb stehen, drehte sich nach Viktor um und antwortete: »Sie haben recht. Diese Mitteilung hatte ich Ihnen noch vorenthalten – ich bin der Regierungspräsident. Also, wie Sie wünschen: Auf Wiedersehen.« Dann öffnete er die Tür und verließ schnellen Schrittes das Haus.

Es war kurz nach Mitternacht, als an Viktors Tür gerüttelt, geschüttelt wurde, versucht wurde, sie aufzubrechen. Was ist denn hier los? Was ist hier los? dachte Viktor. Er hatte schon fest geschlafen und wußte nicht recht, ob dieser Krach an seiner Haustür noch Bestandteil eines Alptraumes war, der ihn gerade geplagt hatte, oder bereits Wirklichkeit. Er hoffte noch auf den alten Traum, aber er mußte feststellen, es war Wirklichkeit. Er warf seinen Bademantel über, der immer griffbereit auf dem Stuhl neben dem Bett lag, ging durch den langen Korridor zur Tür, die tatsächlich aufgebrochen war, nur durch eine stabile Sicherheitskette gehalten wurde, die noch nicht aus der Verankerung gerissen war, und fragte: »Was verschafft mir die Ehre?«

»Tut mir leid«, sagte Georg Passmann, der Regierungspräsident, umrahmt von vier Polizisten, und zog seinen Hut, »daß ich Ihrem Wunsche, mich wiederzusehen, gefolgt bin. Mein Auftrag lautet, Sie abzuholen.«

»Wer hat Sie beauftragt?«

»Bitte keine Fragen«, murmelte der Herr Regierungspräsident.

»Wohin holen Sie mich ab?«

»Das werden Sie gleich erfahren. Nehmen Sie paar persönliche Sachen mit, es könnte einige Tage dauern.«

»Sie wollen mich verhaften?«

»Ich bitte Sie noch mal, keine Fragen zu stellen.«

»Ich nehme doch nicht an, wegen meines Namens, oder?« Viktor blickte die vier Polizisten an, die keine Miene verzogen. Sie standen da, wie Polizisten dastehen, wenn abgeholt wird, mit versteinerten Mienen.

Viktor schob die Sicherheitskette aus ihrer Verankerung, öffnete die Tür und sagte: »Sie hätten die Tür nicht aufbrechen müssen. Bitte kommen Sie herein, machen Sie es sich bequem, ich ziehe mir nur meine Schuhe an.«

Viktor setzte sich auf einen Stuhl und lockerte die Schnürsenkel seiner Halbschuhe, um leichter in sie hineinschlüpfen zu können. Dann machte er Schleifen in die Schnürsenkel, stand auf und sagte: »So, Herr Regierungspräsident, ich bin bereit mitzukommen.«

»Im Bademantel?«

»Ja, im Bademantel, ich möchte keine Zeit verlieren, bin zu gespannt, wie es weitergeht.«

Die vier Polizisten nahmen Viktor in die Mitte, der Herr Regierungspräsident ging einige Schritte voraus. So gingen sie die Treppen hinab, und so verließen sie das Haus.

Zum Helden befördert

Es muß Leute geben wie Shekar, den Inder, der vorm Fliegen Angst hat, als würde er getötet. Der jedesmal wer weiß was anstellen muß, um sich zu beruhigen, gerade er, ein Inder, der über das Nirvana spricht, als sei es das Ziel seiner Sehnsucht. Aber Fliegen?

»Lieber laufe ich vierzehn Tage, als daß ich eine Stunde fliege«, sagt Shekar. Schon der Start sei für ihn gleichbedeutend mit einem Todesurteil. »Habt ihr mal gesehen«, erzählt er seinen Studenten, »wie viele Passagiere im Flugzeug die Augen schließen, besonders beim Start? Sie alle entziehen sich ihrer Angst durch Augenschließen.« Und dann beginnt er zu philosophieren, über sein Lieblingsthema: Innovation und Tradition, die Entwicklung der moralischen Fähigkeit des Menschen habe mit der Entwicklung seiner technischen Fähigkeit nicht Schritt gehalten. »Diese Flieger, die sich da in die Luft erheben, sind nichts anderes als gedrosselte Bomben. Der Flieger tötet zwar nur eine Handvoll Menschen, die Atombombe dagegen führt zum Ende der physischen Existenz der Menschheit, aber eine Handvoll ist immer noch zuviel«, sagt Shekar und läßt sich nicht daran hindern, einen ellenlangen Monolog darüber zu halten, daß er sich nach einfachen, stabilen, durchschaubaren und deswegen veränderbaren Lebensverhältnissen sehnt. Das erste, was er abschaffen würde, seien Flugzeuge, als zweites Computer. »Der technische Fortschritt der Menschheit ist der tödliche Irrtum der Menschheit. Aus ›Irren ist menschlich‹ ist ›Irren ist tödlich‹ geworden und hat die Menschheit nicht ein Jota glücklicher gemacht.« Das sagt Professor Shekar, Professor an der Universität in F., zuständig für Technik und Computerentwicklung.

Und er, Parkinson, Professor für Philosophie und Geschichte, hat heute den schlechtesten Tag seines Lebens. Er ist deprimiert. Die Uni hat ihn wieder mal auf dem Gewissen. Heute ist Sonntag. Er hat frei. Und Shekar hatte ihn mit seinen Gedanken über das Fliegen auf eine Idee gebracht. Warum sollte er nicht zum Flughafen fahren, sich ins Restaurant setzen, mit Blick auf die Startbahnen, einen Kaffee trinken oder ein Bier, den Flugzeugen zusehen, die da landen oder starten in alle Teile der Welt. Man ist zwar nicht dabei, aber man ist näher dabei, und für ihn sind Flugzeuge keine gedrosselten Bomben. Für ihn sind Flugzeuge Möglichkeiten, Grenzen zu überwinden.

Die Bedienung, die den Kaffee hinstellt, liebenswürdig, freundlich, sie merkt, denkt er, daß ich nicht so wie Shekar bin, sie merkt, daß ich vorm Fliegen keine Angst habe.

Ihm gegenüber eine blasse Schönheit, die ihn nicht interessiert. Aber er spürt, daß sie ihn ansieht, wenn er auf die Piste blickt, und sie spürt, denkt er, daß er sie anblicken wird, sobald sie im Kaffee rührt.

Die Weichen der Blicke so gestellt, daß ein Aufeinanderprallen ausgeschlossen ist. Ausgeschlossen? Nur eine Frage der Zeit, dann müßte der Aufeinanderprall folgen, er wartet darauf. Und dann kommt er. Zufällig oder nicht, dennoch beabsichtigt. Da war er. Irgendein unsichtbarer Draht, denkt er, man kann nichts machen, die Blicke kommen von selbst.

Er schaut wieder auf die Piste, sie rührt wieder im Kaffee. Die Blicke werden häufiger, Blicke im Selbstlauf oder gar gegen den Willen.

Dann die Durchsage: »Passagiere nach Paris …«, und so weiter und so weiter. Sie zahlt, steht auf, an der Tür sieht sie sich noch einmal um. Ein Sieg, denkt er, eine Eroberung, eine Pariserin. Blicke, die zum Geheimnis werden, die er und die Pariserin verantworten müssen. Ja! Eine Eroberung. Er hätte sie haben können, die Depressionen lösen sich auf, der schlechte Tag ist vorbei. Sie fliegt nach Paris, und er fliegt nach Rio oder nach New York oder Moskau. Oder auch nach Paris, ihr nach.

Noch einen Kaffee will er.

Die Bedienung, wieder liebenswürdig, freundlich, sagt: »Wir kennen uns, Professor Parkinson.«

Seine Aufmerksamkeit wird von der nächsten Durchsage abgelenkt. »Passagiere nach Chicago, bitte beeilen, Gate 24.«

»Woher kennen wir uns?« fragt er.

»Einen Augenblick bitte.«

Weg ist sie.

Ich kenne sie, woher? denkt er. Eine Unbekannte, die ihn verführen will, kein schlechter Gedanke, in die Höhle locken will, Held, der er gerade durch die Pariserin geworden ist.

Dann ist sie wieder da. »Wissen Sie, ich denke gern an die Zeit mit Ihnen zurück«, sagt sie.

»Welche Zeit?«

Wieder ist sie weg.

Er kramt in seiner Erinnerung, kann nichts finden. Von der Bedienung nichts zu sehen. Wo ist sie, wo ist sie? Er blickt auf die Piste. Wegfliegen! Die Welt wird auf dem Flughafen kleiner, in sechs Stunden da, in vier dort, in acht Stunden wer weiß wo, das muß man erleben. Worauf wartet er?

Durchsage: »Passagiere nach Washington ...« O ja, Washington ...

Der dreizehnte Januar, die Katastrophe in Washington. Nein, er konnte sich darüber nicht so erregen wie seine Studenten. Eine Woche lang kein anderes Thema auf der Uni, keiner wollte mehr fliegen, aber er wollte. Am liebsten am gleichen Tag, am dreizehnten.

Die Überschrift des Tageblattes hat er noch im Kopf: »Tote sitzen angeschnallt«. Und der Bericht zur Washingtoner Katastrophe lautete so: »Nur zweieinhalb Kilometer vom Amtssitz des Präsidenten, dem Weißen Haus, entfernt und in Sichtweite des Pentagon krachte am Mittwochnachmittag eine Boeing auf die Brücke der 14. Straße, brach in zwei Teile und stürzte in den eisbedeckten Potomac-Fluß.

Der als Passagier mitfliegende Pilot und Elektronikfachmann Joe Stielitz erinnert sich an die Sekunden vor dem Aufprall, die er im vollen Bewußtsein der bevorstehenden Katastrophe erlebte: ›Ich kenne die Boeing, wir sind zu niedrig, zu langsam, wir fallen runter!‹ schrie er seiner Sekretärin zu. Und ein Student, auf der Brücke, in seinem Auto, auf dem Heimweg, sah vor sich, wie das Flugzeug die Dächer von vier oder fünf Autos abrasierte. Ihre Fahrer wurden geköpft. Unter dem Aufprall der Trümmer zersplitterte die Eisschicht auf dem Potomac wie eine Windschutzscheibe, die von einem Stein getroffen wird. Taucher, die später zu dem in acht Meter Tiefe liegenden Bugteil der Maschine vordrangen, berichteten, die Toten hätten angeschnallt in ihren Sitzen gehangen.«

In Gedanken fliegt er nach Washington, läßt sich in den Sessel einer Maschine fallen, schiebt sich eine Havanna in den Mund und den Sessel zurück. So läßt sich besser nachdenken, und er beginnt sich mehr und mehr wohl zu fühlen, froh, der kleinen, gehässigen Welt der Uni entkommen zu sein.

Wieder kommt die Bedienung. Er blickt in ein frauliches, hübsches Gesicht. Braune Augen unter geschwungenen Brauen, zarter Mund mit wohlgeformten Lippen. Eine Ähnlichkeit mit jemand Bekanntem ist nicht auszuschließen.

Und während er sie betrachtet, sagt sie: »Ich mochte Ihre Vorlesungen, besonders die zur Geschichte, sie waren die ergiebigsten.«

»Warten Sie doch, bleiben Sie.«

Weg ist sie.

So schnell, wie sie weg war, ist sie wieder da. »Sie wissen nicht, wer ich bin, ich sehe es Ihnen an«, sagt sie und lächelt.

Und er lächelt zurück.

»Ich kam von drüben, aus H. Und dann kriegte mein Vater hier in F. eine Anstellung, und wir zogen nach F.«

»Ich kenne Sie, ja, aber Sie haben sich verändert«, sagt er.

»Ich habe mir die Haare abgeschnitten. Ich bin ja nicht mehr zweiundzwanzig, da kann ich nicht mehr mit Zöpfen rumlaufen. – Einen Augenblick, ich muß schnell an den Nebentisch.«

Richtig, denkt er. Zöpfe. Er betrachtet ihr Profil. Schön ist es, die Nase beinah edel. Zöpfe ... Jetzt fällt es ihm ein. O ja, o ja, ein Grübchen muß sie haben, wenn sie lacht. Und sie lacht am Nebentisch, und sie zeigt ein Grübchen. Ja, ihr Lachen ist herzhaft, nicht verkniffen und kraftlos.

Dann ist sie wieder da.

Er sagt: »Sie waren eine gute Studentin.«

Und sie erwidert: »Ja, wenn ich schon in Vorlesungen bin, passe ich auch auf. Leider ... ich muß ...«

Weg ist sie.

Eine ganze Weile sieht er sie nicht. Sie wird doch nicht schon Feierabend haben, denkt er. Dann blickt er wieder auf die Piste und fühlt sich beinahe wie ein

Held. Erst durch die Pariserin und jetzt durch sie. Was für ein Tag.

Wieder sind seine Gedanken bei der Washingtoner Katastrophe. Eine makabre Fernsehübertragung, Bilder des Absturzes auf den Potomac-Fluß. Eine Frau im Wasser, um ihr Leben kämpfend. Während die Kameras laufen, versucht eine Hubschrauberbesatzung, ihr einen Rettungsring zuzuwerfen. Der Rettungsring dicht vor ihr, sie bemüht sich, ihn zu kriegen. Vergebens, sie hat keine Kraft mehr, ihn zu ergreifen. Und dann immer wieder dieses Bild: Ein Mann am Ufer wirft den Mantel ab und stürzt sich ins eiskalte Wasser. Er erreicht sie im Augenblick ihres Unterganges und zieht sie an Land. Eine Stewardeß, wie man später hört. Dieses Bild hat sich ihm eingeprägt: der Mann im Sprung, der Mann als Retter, viele Male wurde diese Szene im Fernsehen wiederholt. Und jedesmal fühlte er sich mehr als der Mann, der den Mantel wegwirft, der in die Fluten springt. Er wäre auch gesprungen, er weiß es jetzt. Er ein Held wie jener. Nicht für Minderes will er zuständig sein, nein, sondern für Heldentaten. Er hätte nichts dagegen gehabt, in der Maschine gewesen zu sein, zu retten, zu helfen. Auch zu sterben. Retten hätte er wollen, wie jener Mann. Die Chancen, im Leben zum Helden befördert zu werden, sind ja nicht häufig.

»Da bin ich wieder«, sagt die Bedienung, »ich habe leider viel zu tun, muß wieder weg. Ich habe meinen Namen auf diese Karte geschrieben und meine Adresse dazu. Ich wohne hier ganz in der Nähe.«

Er blickt auf die Karte, holt seine Brieftasche aus dem Jackett, verwahrt sie sorgfältig neben den Kreditkarten, schließt die Brieftasche wieder und schiebt sie ins Jackett zurück. Auf die Herzseite. Und lächelt.

Auf dem Weg nach Hause trifft er einen Priester. Er sagt: »Grüß Gott!« Der Priester, überrascht, läuft einige Schritte weiter, dann erwidert er, sich umblickend, ein merkwürdiges, nachdenkliches »Grüß Gott« und geht weiter.

Den Wunsch, sich nach dem Priester umzusehen, unterdrückt er. Als er weit genug entfernt ist, dreht er sich um. Der Priester ebenfalls, im gleichen Augenblick.

Was für ein Tag, denkt er. Aus tiefster Depression zum Helden befördert. Und was für eine Studentin!

Der Mörder

Sie saßen sich gegenüber, der hellhaarige junge Mann mit den glattrasierten Wangen, in deren unterem Teil ein rosig feines Geäst bläulicher Äderchen sichtbar war, und er, nämlich ich. Während der junge Mann sich über die blonden Löckchen strich, sagte er seine Lieblingssätze und plädierte mit Nachdruck für die Naßrasur, die ihm ein Gefühl des In-die-Haut-Gehens erzeuge, Reinlichkeitsfanatiker, der er von Natur aus sei. Das allerschlimmste aber an der elektrischen Rasur sei der Augenblick, in dem die Reste des geschnittenen Bartes aus dem Scherkopf entfernt werden müßten. Ins Waschbecken, aus dem Fenster, in die Luft – widerlich. Er ekelte sich vor seinen Bartresten, ekelte sich davor, in alle Winde verstreut zu werden.

Und dann machte ihm sein Gegenüber, nämlich ich, den Vorschlag, sich zu duzen.

Es entstand eine Pause, in der der junge Mann sich zur Seite neigte und räusperte, sein Gegenüber, nämlich mich, anblickte, die Augen senkte und sagte: »Ich ging früher schlampig mit dem Du um, sehr schlampig. Ich habe mich mit beinahe jedem geduzt. Aber wissen Sie, ich habe das mit dem Du unterschätzt. Ich war eben jung.«

»Aber Sie sind jung«, sagte das Gegenüber, nämlich ich.

»Nein, ich bin über fünfzig.«

»Das ist nicht möglich.«

»Doch, ist es.«

»Wie das?«

»Ich nehme an, weil ich ein guter Schläfer bin. Zum Beispiel schlafe ich jede Depression aus meinem Körper. Seelische Belastung kuriere ich mit Schlaf. Kummer und Sorgen machen mich müde. Ich schlafe. Vielleicht sehe ich deswegen jünger aus, weil es für mich keine schlaflosen Zeiten gibt, außer – ich bin überaus glücklich.«

»Dann werde ich«, sagte das Gegenüber, nämlich ich, »warten, bis Sie mir das Du anbieten werden.«

»Ich werde mich in der nächsten Zeit nicht dazu entschließen können, Sie zu duzen, aber ich werde Sie, vielleicht, beim Vornamen nennen. Auch dafür, bitte, lassen Sie mir Zeit«, sagte der jung aussehende Fünfziger, lächelte, zog eine Pistole aus der Brusttasche seines Jacketts und erschoß das Gegenüber, nämlich mich.

»Warum tun Sie das?« rief das Gegenüber, nämlich ich, »warum?«

Dann wurde ich wach, und ich spürte, wie mir warme Flüssigkeit den Bauch herunterlief. Ich wischte mit der Hand darüber und sah, daß es Blut war. Dann wieder ein Schuß, und ich fühlte einen Schlag im Körper, wie zerplatzendes helles Licht. Ich sah in den Lauf eines Gewehres oder einer Pistole. Dann fiel ich in die Kissen zurück und träumte immer noch denselben Traum: Ich werde erschossen.

»Warum tun Sie das? Warum haben Sie mich erschossen?« fragte ich den jungen Mann.

»Um mich mit Ihnen zu duzen. Jetzt bin ich bereit, mich mit Ihnen zu duzen. Mehr als Ihren Tod kann ich nicht verlangen.«

Die Psychotherapeutin

Der Regen störte mich kaum, denn ich war bereits bis auf die Haut durchgeweicht. Es war eisig kalt, und ich ging in ein neueröffnetes Lokal in der Bahnhofstraße in Berlin-Köpenick, um mich aufzuwärmen. Ich schüttelte mich wie ein Hund, das Wasser spritzte in hohem Bogen von mir, unter den Füßen entstand eine Pfütze, und tatsächlich – in diesem Augenblick war ich ein Hund.

Aber im nächsten Augenblick war ich wieder die Frau, die ich seit fünfunddreißig Jahren bin. Und wer bin ich? Die Psychologin und Psychotherapeutin Dr. Helga Schwarting. Das erste Mal in meinem Leben klang mir mein eigener Name fremd. Hieß ich schon immer Helga Schwarting? Ich murmelte halblaut »Helga Schwarting« vor mich hin, genauer gesagt, ich murmelte »Dr. Helga Schwarting« vor mich hin. Der Titel war Bestandteil meines Namens, aber mein Name war nicht mein Name, ich war wieder einmal nicht ich. Aber – wer war ich?

In diesem Augenblick, wie um mich zu widerlegen, verließ ein Herr das Lokal und sagte leise, als ginge es um ein Geheimnis: »Guten Abend, Frau Dr. Schwarting.«

Ich blickte ihm hinterher, erwiderte noch nicht einmal das Guten Abend, es war ein Fremder, kein

Patient; meine Patienten kenne ich alle. Die meisten meiner Patienten war ich ja selbst schon einmal gewesen, für kurze Augenblicke. Hin und wieder verwandle ich mich in den oder die, deren Sorgen, Nöte und Ängste vor mir ausgebreitet werden. Die Sorgen und Nöte nehmen Besitz von mir, ich werde die Person, die ich zu heilen versuche. Ich nehme deren Gestalt an, verliere mich, finde mich im anderen wieder, der seinerseits meine Probleme, meine Sorgen übernimmt. Eine Übergabe meines Schmerzes an einen Patienten, der *ich* wird. In meiner Vorstellung wenigstens. Wir tauschen einander aus. Gott sei Dank meist nur kurz, aber ich fühle, dies kann sich ändern, wenn der Austausch groß genug ist. Dann bleibe ich für den Rest meines Lebens die oder der, und die oder der bleibt ich.

Ich hoffe, dies wird nie geschehen, aber mein Hoffen liegt häufig in der Nähe eines Irrtums. Aber vielleicht ist der Irrtum auch ein Irrtum? Dann bleibt es dabei, wie es bis jetzt immer war: Ich werde nur für Augenblicke der andere. Aber der, der eben das Lokal verließ und »Guten Abend, Frau Dr. Schwarting« sagte – der war ich noch nie. Ich sah nur den Rücken; ich kannte auch die Rücken meiner Patienten, die betrachte ich immer sehr genau, sie erzählen mir oftmals mehr über die Patienten als deren Gesichter, die ja in den meisten Fällen den wirklichen Zustand der Seele zu leugnen versuchen, die Wahrheit in Phantasie verwandeln – eine abscheuliche Phantasie, die die Wahrheit deformiert, nach

Wunschvorstellungen. Sehen Sie mal in die Augen der Leute, die Ihnen ihre Sorgen erzählen. Der bestimmte Glanz, wenn ihnen eine Lüge gelungen ist, wenn sie einen Schuldigen für ihre Sorgen gefunden haben – jaja, da ist der Rücken ehrlicher. Den eigenen Rücken kennt ja keiner, hat ihn nie gesehen, deswegen ist er, wie er ist: ungeformt, zum Lügen ungeeignet.

Aber der hinausgehende Herr, der gerade durch die Glastür gut zu sehen war und seinen Regenschirm aufspannte – es regnete ja nicht, es goß! – und dessen Profil kurz sichtbar wurde, kannte ich dessen Rükken, dessen Profil? Nein. Nein, nie gesehen.

Meine Schuhe waren durchgeweicht vom Regen, ich bewegte die Zehen im Schuhinneren, die ich kaum fühlte, klamm. Ich bestellte mir einen heißen Tee.

»Welchen?« fragte der Ober und zählte mindestens zehn Sorten auf.

Ich dachte, so was hatte es in der alten DDR nicht gegeben, wenn man überhaupt einen Tee in einem Lokal wie diesem bekommen hätte, wäre das ein Wunder gewesen.

»Earl Grey«, sagte ich.

Der Ober nickte, drehte sich auf der Stelle um und stand nach wenigen Minuten mit dem gewünschten Tee vor mir, dazu brauner Zucker, Zitrone, Serviette, sogar Honig, und sagte: »Bitte, Ihr Earl Grey. Darf ich eingießen?«

Ihr Earl Grey! Er hatte »Earl Grey« so ausgesprochen, als handle es sich um einen Liebhaber. Ich nickte, nahm das heiße Glas, drehte es behutsam in meinen Händen, wohlige Wärme schien bis in meine Zehen vorzudringen, die noch immer klamm waren, aber die Wärme, die ich spürte, gab mir mein Ich zurück. Ich war in diesem Augenblick wieder die Psychotherapeutin Dr. Helga Schwarting, der Name war wieder mein Name. Kälte und Nässe hatten mich mir abhanden kommen lassen.

Zu Hause duschte ich mich. Zwanzig Minuten warmes bis heißes Wasser über den Körper machten mich fähig, mich mit einem Patienten auseinanderzusetzen, den ich noch nicht kannte, noch nie gesehen hatte, von dem ich wußte, daß er Selbstmordgedanken hegt, mehr noch, daß er ihn begehen will, seinen vier Freunden folgend, die ..., aber ich will nicht vorgreifen.

Noch duschte ich, und das Telefon läutete. Immer dann läutet es besonders lange, wenn man unter der Dusche steht. Schon länger als eine Minute läutete es hartnäckig, es konnte nur mein Lebensgefährte sein, gewesener Journalist, heute Stuntman, verheiratet, nicht mit mir, wie glücklich oder unglücklich, hat mich nie interessiert, mir genügt reduzierte Liebe, die mir nichts von meiner Freiheit nimmt. Dieser Stuntman, mein Liebhaber – Liebhaber ist richtiger als Lebensgefährte –, ist entgegengesetzter Meinung. Er glaubt, ich müsse ihm zu jeder ihm passenden Zeit zur Verfügung stehen. Ein Choleriker erster Güte, der aber wie kein anderer am Leben hängt, es dennoch beinahe täglich aufs Spiel setzt. Berufsmäßig, indem er sich aus hundert Meter Höhe ins Meer fallen oder mit dem Auto in einen Fluß stürzen läßt – immer spielt in seinen Stunts das Wasser eine Rolle –, dem ich nur sagen muß, daß ihm nichts passieren wird. Ich drücke dir die Daumen, das genügt ihm, dann wagt er es, begibt sich in Todesnähe. Aber wieso hat er kein Einsehen und begreift, daß ich nicht ans Telefon gehen werde? Ich stand unter der Dusche und sah ihn am anderen Ende der Telefonleitung einen cholerischen Anfall bekommen. Kriege ihn nur! Schmeiße mit Tassen und Tellern; nachdem alles kaputt ist, fängst du an zu flennen und schwörst deine schönsten Meineide, nämlich, nie wieder Geschirr zu zerschmeißen, es tut dir ja so leid, das teure Porzellan, nie wieder werde ich Geschirr zerschmeißen, nie wieder, glaube mir.

Natürlich glaube ich ihm nicht, denn mittlerweile habe ich alles Geschirr in den Keller geräumt, um wenigstens die Restbestände zu behalten. Die Schwüre sind spätestens nach einer Woche vergessen. Nein, nein, ich glaube dir nicht, und ich gehe nicht ans Telefon, schimpfte ich. Drei Minuten nun schon dieses Geläute. Er will wohl, daß ich splitternackt und naß durchs Zimmer laufe, um mich in ein längeres Gespräch mit ihm einzulassen. Immer wenn ich gerade nicht kann und doch ans Telefon gehe, hört er nicht auf zu reden. Soll er läuten bis er schwarz wird! Meine schon reduzierte Liebe flaute noch weiter ab.

Und dann ging ich doch, auf dem Parkett Pfützen hinterlassend. In dem Augenblick, wo ich den Hörer abnahm, legte er auf.

Ich ging in meine Praxis, fünf Minuten von meiner Wohnung entfernt, setzte mich in mein Ruhezimmer – so nenne ich es, mein Privatzimmer, nur für mich bestimmt, um die Patienten loszuwerden, wenn ich deren Identitäten mal wieder angenommen hatte.

Der selbstmordgefährdete Patient wartete schon dreißig Minuten. Ich ließ ihn warten. Dr. Bruns hieß er. Ich blickte mich noch mal im Spiegel an und fand – ich fand, ich sei Dr. Bruns. So also sah er aus: ein stattlicher Sechzigjähriger. Ich war überrascht, daß mein Spiegelbild in die Zukunft schaute. Kam es aus dem Schlummer meiner Erinnerung? Hatte ich ihn doch schon irgendwo gesehen? Oder hatte seine Frau ihn mir so ausführlich beschrieben, daß ein fiktives Bild entstanden war, eines, das mich vorausahnen ließ, wer mich als Patient erwartet, um vorbereitet zu sein? Seine Selbstmordgedanken hatte mir seine Frau – etwas zu dramatisch, so jedenfalls empfand ich es – geschildert. Ich blickte mich noch mal im Spiegel an: Gott sei Dank, ich war wieder ich.

Er sah tatsächlich so aus, wie ich mich oder ihn im Spiegel gesehen hatte. Ich setzte mich Dr. Bruns gegenüber, der die *Berliner Zeitung* aus der Hand legte. Sorgfältig – zu sorgfältig für mein Gefühl – kniffte er sie zu einem kleinen Paket, legte es auf den

Boden, und ich öffnete, genauso sorgfältig, die noch unbeschriebene Akte Dr. Bruns.

Und ich dachte, liest man die *Berliner Zeitung* und legt sie so sorgfältig zusammen, wenn man sein Leben beenden will? Ich blickte Dr. Bruns an. »Lassen Sie uns beginnen. Es macht nur Sinn, wenn Sie nichts verschweigen«, sagte ich.

»Was wollen Sie hören?« fragte er.

»Die ganze traurige Geschichte von A bis Z.«

»Woher wissen Sie, daß sie traurig ist?«

»Von Ihrer Frau weiß ich das.«

»In der Zeitung haben Sie es nicht gelesen?«

»Nein.«

»In der Zeitung stand auch nichts, aber … Sie haben recht, sie war und ist noch immer traurig.«

Pause.

»Ich habe Sie vorhin bei Wegeners getroffen«, sagte er.

»Bei Wegeners?«

»Ja, dem neuen Lokal, Sie tranken einen Earl-Grey-Tee.«

»Ach ja, richtig. Waren Sie es, nannten Sie meinen Namen, als Sie das Lokal verließen?«

»Ja, das war ich.«

»Sind wir uns denn schon mal begegnet?«

»Nein.«

»Woher wußten Sie, daß ich …«

»Daß … Sie Sie sind?«

»Ja.«

»Eine Eingebung.«

Pause.

»Haben Sie solche Eingebungen häufig?«

»Nicht häufig, aber gelegentlich.«

»Können Sie mir mehr über Ihre ... Eingebungen sagen?«

»Nein.«

Pause.

Ich errötete, es lief mir heiß übers Gesicht, und ich hatte Furcht, daß ich womöglich wieder Dr. Bruns würde. Deswegen wechselte ich das Thema und sagte: »Sie waren klug, Sie hatten einen Regenschirm bei sich. Ich bin bis auf die Haut durchgeweicht.«

»Ja, ja, das Wetter, eine Katastrophe, gestern Sommer, heute Winter, ein Temperatursturz von zwanzig Grad und dieser Regen«, erwiderte Dr. Bruns.

»Ich habe mir nach dem Gespräch mit Ihrer Frau folgende Notiz gemacht«, sagte ich und versuchte die Erregung zu beherrschen, die mich immer überfällt, wenn ich einem Patienten das erste Mal gegenübersitze. Ich las vor: »Wie geschehen konnte, was geschehen ist, wird noch untersucht. Bis jetzt gibt es darauf keine Antwort – so die offizielle Mitteilung der Polizei. Lag es an der Straße, lag es am Auto, lag es am Fahrer? Was weiß man darüber? Und wer waren diese vier?«

»Das waren meine Klassenkameraden, meine Freunde. Noch aus Schulzeiten. Wir trafen uns bei mir.«

»Und warum trafen Sie sich?«

»Es war die Lust, die Lust, uns wieder einmal zu treffen. Wir hatten uns lange nicht gesehen. Wir mochten uns, und wir wollten uns einfach wieder mal sehen. Mit meinen Freunden, mit … meinen vier Klassenkameraden. Holderichter, Schröder, Muskat und Schmidt.«

»Erzählen Sie weiter.«

»Gegen ein Uhr nachts wollten sie los, sie mußten ja nach Hamburg, dort leben die vier. Schmidt sagte, so können wir nicht fahren, unmöglich, wir sind betrunken. Muskat erwiderte, aber so können wir auch nicht laufen, also was? Holderichter meinte: Abstimmen. Zwei waren dafür, zwei dagegen. So ging das eine halbe Stunde hin und her. Nach einer halben Stunde waren sie alle vier dafür. Sie können sich ja vorstellen, wie das bei Betrunkenen ist. Dann blickten sie alle auf mich. Sie wissen, daß ich nie trinke. Du bist nüchtern. Was sollen wir machen, gib uns einen Ratschlag. Ich blickte sie an und sagte nichts. Ich überlegte noch. Und schon waren sie im Wagen und fuhren los.«

Dr. Bruns schob handbeschriebene Seiten über den Tisch, mit einem Kuli geschrieben.

»Was sind das für Aufzeichnungen?« fragte ich.

»Meine Gedanken zu diesem Unfall. Ich versuche mir meine Schuldgefühle zu erklären.«

»Gelingt das?«

»Nein.«

»Sind Ihre Schuldgefühle der Grund, daß Sie nicht mehr ruhig schlafen können, wie mir Ihre Frau erzählte?«

»Meine Frau übertreibt.«

»Es ist also eine Übertreibung Ihrer Frau, daß Sie selbstmordgefährdet sind?«

Pause.

Dr. Bruns schien erschöpft. Kaum vorzustellen, dachte ich, daß dieser Mann selbstmordgefährdet ist. Das dichte Haar, noch mehr schwarz als weiß, die energischen Hände, die sparsam, aber eindringlich seine Worte unterstrichen.

Dr. Bruns stand auf, verbeugte sich kurz, ging zur Tür, dort drehte er sich um und sagte: »Dann bis morgen.«

»Bis morgen«, antwortete ich und blickte auf die Tür, die Dr. Bruns sorgfältig von außen schloß.

Als ich spät am Abend zu Hause war, hörte ich mir Beethovens Violinkonzert an, gespielt von Gidon Kremer, und blätterte in der Zeitung. Nicht an Dr. Bruns denken, nicht seine Aufzeichnungen lesen – die konnte ich auch gar nicht lesen, die hatte ich in der Praxis liegenlassen.

Ich hörte auf Gidon Kremer und blätterte in der Zeitung. Überschrift: Endlich hat Hillary ihren Bill verhauen! Klein darunter: Wenn es stimmt, werden viele jubeln. Hillary Clinton soll ihren Bill verhauen haben? Und dann der erneute Anruf meines Lebensgefährten oder Liebhabers. Sofort erwartete ich seine Vorwürfe, sah ihn Porzellan zerschmeißen. Nein, Robert, sein Künstlername war Marcello Verde, machte mir diesmal keine Vorwürfe. Er wollte mir nur mitteilen, daß er heute nacht abreisen müsse, um einen gefährlichen Stunt zu machen, »den gefährlichsten in meiner Laufbahn«, sagte er. »Drück mir die Daumen!«

»Ich weiß ja«, erwiderte ich, »daß es nicht schiefgeht.«

»Es geht wirklich nicht schief?« fragte er.

»Nein«, sagte ich. »es geht gut aus. Wenn ich dir die Daumen drücke – und ich drücke sie dir –, geht es gut aus, aber das weißt du.«

»Danke«, sagte er. »Jetzt werde ich ganz ruhig.

Weißt du«, fuhr er fort, »Tausende werden meinen Stunt bewundern. Ich bin ganz ruhig, denn du bist bei mir. Selten habe ich mich so sicher gefühlt. Ich komme in das Buch der Rekorde«, sagte er stolz

»Ich wünsche dir das«, sagte ich.

Kaum hatten wir aufgelegt, dachte ich darüber nach, ob ich ihm das wirklich wünschte. Und ich wünschte ihm das wirklich. Ich blickte auf meine Hände und fand sie merkwürdig verändert.

Der nächste Tag. Dr. Bruns hatte während seines langen Berichtes an die Decke geblickt. Als er seine Aufzeichnungen in die Westentasche steckte, dachte ich, er würde aufstehen und gehen. Aber er stand nicht auf, er blieb sitzen und wartete. Worauf? Daß ich etwas sagen würde?

»Gestern«, sagte ich, »habe ich mir ebenfalls Notizen gemacht. Dabei bin ich auf sechzig Fragen gekommen. Aber nach Ihrem heutigen Bericht sind es nur noch fünfzig.«

Als Dr. Bruns keine Anstalten unternahm, etwas zu erwidern, fuhr ich fort. »Heute werde ich Sie nicht fragen, aber morgen werde ich Sie fragen.«

»Fragen habe ich selbst«, sagte Dr. Bruns kurz.

»Ich habe auch Antworten«, sagte ich.

Pause.

»Ohne die vier ist mein Leben leer geworden«, sagte Dr. Bruns, »und einsam. Ein Leben lang wollte ich von ihnen weg, nun, da sie weg sind, vermisse ich sie. Als sie da waren, hatte ich Antworten, jetzt, wo sie weg sind, habe ich nur noch Fragen. Ich bin ein Mörder, weil ich geschwiegen habe. Ich habe sie nicht aufgehalten, ich habe sie fahren lassen. Was macht man mit jemandem, der ein Mörder ist, den aber kein Gericht des Mordes anklagen wird? Und was wird das Gespräch mit Ihnen bringen? Wird es mir den Sinn meines Lebens zurückgeben?«

»Was erhoffen Sie sich von mir?« fragte ich.

»Gar nichts erhoffe ich mir von Ihnen«, sagte Dr. Bruns. »Aber meine Frau sagte mir, sie hätte einen Artikel über Sie gelesen, der ihr gefallen habe.«

Ich half ihm beim Anziehen des Mantels und sagte: »Sie haben nicht nur verloren, Sie haben auch gewonnen.«

Dr. Bruns erwiderte nichts.

Nach einer Pause sagte ich: »Vielleicht sind Sie zu ungeduldig. Fürs Leben brauchen Sie Geduld.«

Es regnete. Dauerregen. Ich ging nach Hause und war wieder bis auf die Haut durchgeweicht. Robert war mir so nahe wie noch nie, dachte ich. Aber ob es wirklich so war? Wie schnell kann man schuldig werden? Darüber dachte ich nach. Wenn Robert tödlich verunglücken würde, wäre ich nicht auch schuldig? Ich hatte ihm wie immer die Daumen gedrückt, und wie immer, wenn ich die Daumen drückte, war er abgesichert, konnte ihm nichts passieren. Könnte ihn mein Daumendrücken nicht leichtsinnig gemacht haben? Weil er an mich glaubte, hatte er sich an den schwierigsten Stunt seines Lebens gewagt und könnte deswegen verunglückt sein. Wäre ich dann nicht auch schuldig an seinem Tod? Was hätte ich tun müssen, um unschuldig zu sein? Ihm abraten, natürlich, mach's nicht! Der Stunt ist durch meinen Glauben an dich nicht abgesichert. Das zu mir. Und was hätte Dr. Bruns anders machen sollen? Er hätte seine vier Freunde zurückhalten müssen. Ja, das hätte er.

Ich machte mir einen Tee und versuchte die quälenden Gedanken loszuwerden. Holderichter, Muskat, Schmidt und Schröder, dachte ich, aber vielleicht sind sie wieder da. Die unsterblichen Seelen der vier haben sich nach diesem Unfall nur für Augenblicke auf und davon gemacht und die Körper leblos zurückgelassen, nun sind sie wieder zurück in ihre Körper gestiegen wie in ihre Anzüge. Die Körper fangen wieder an zu leben.

Wie ist das nun mit deinen Hilfestellungen für die anderen, fragte ich mich. Bist du auch in der Lage, dir selbst zu helfen, wenn es nötig ist? Noch, dachte ich, bin ich es. Noch kann ich mir helfen. Noch haben sich die Gefühle nicht eingestellt. Auch der Schmerz braucht seine Zeit. Aber ich wußte, er würde sich einstellen, wenn …, ja, wenn …

Ich blickte in den Spiegel. Das bin nicht ich, aber wer bin ich? Dr. Bruns? Robert? Wer bin ich? Meine Hände waren die Hände von Dr. Bruns, kein Zweifel.

Und dann erreichten mich die ersten Ausläufer eines Schmerzes, von dem ich nicht wußte, woher er kam. Ich fing an zu weinen.

Am nächsten Tag fragte mich Dr. Bruns: »Warum tragen Sie Seidenhandschuhe? Ist etwas mit Ihren Händen?«

»Ja, eine Erkrankung«, antwortete ich.

»Hoffentlich nichts Schlimmes«, sagte Dr. Bruns.

»Ich hoffe auch.«

Pause.

»Sie sind jung, Sie kennen noch nicht das Gefühl des Verlustes. Oder irre ich mich?« fragte Dr. Bruns.

»Sie irren sich nicht. Ich bin erst fünfunddreißig, aber ich kann mir Verlust vorstellen«, sagte ich.

»Natürlich«, antwortete Dr. Bruns. »In meinem Alter häufen sich die Verluste. Lesen Sie Zeitung?«

»Ich lese nur sehr selten Zeitung, und ich habe kein Fernsehen. Mir genügen die Sorgen und Nöte meiner Patienten. Die Sorgen und Nöte der ganzen Welt könnte ich nicht verkraften.«

Dr. Bruns blickte an die Decke und sagte: »Heute las ich in der *Berliner Zeitung*, daß ein früherer

Schüler von mir, ein verrückter, begabter Kerl, etwas Wahnsinniges gemacht habe. Früher Journalist, heute Stuntman, Robert Zülke hieß er, mit Künstlernamen Marcello Verde. In den siebziger Jahren hatte er einer Familie versprochen, sie mit einem Schlauchboot über die Ostsee in den Westen zu rudern, eine sehr riskante Unternehmung. Aber er schaffte es. Damals entstand wohl sein Wunsch, sich auf weitere Abenteuer einzulassen, und er wurde Stuntman. Und vorgestern oder gestern geschah es, in Marseille. Die Veranstaltung wurde von einer Zeitung organisiert, die Einnahmen waren für die Flüchtlinge aus dem Kosovo gedacht. Er war mit einem Ferrari von einer Rampe aus gestartet, auf einem Stahlgerüst, etwa zwanzig Meter hoch, eine Pyramide aus fünf Autos. Er wollte mit seinem Ferrari die Autos im Flug umwerfen und anschließend im Hafenbecken auf den Rädern landen. Dabei mußte er eine Geschwindigkeit von hundertvierzig erreicht haben. Aber was erzähle ich Ihnen, es wird Sie nicht interessieren«, sagte Dr. Bruns.

»Doch ..., doch, doch«, sagte ich, »fahren Sie fort.«

»Vielleicht war es sein Wunsch, so zu sterben, vor Tausenden. Er geriet aus dem Gleichgewicht. Er kam nicht mit den Rädern zuerst auf, sondern mit dem Dach. – Brauchen Sie etwas? Sie sehen so blaß aus. Verzeihen Sie mir diese Geschichte, sie ist ja nur eine Zugabe des Todes. Ich mochte ihn sehr, ein ungeduldiger Mensch, zu ungeduldig fürs Leben. – Ist Ihnen nicht gut?« fragte Dr. Bruns.

»Doch«, sagte ich. Und mir schien es, als sei der, der vor mir stand, nicht Dr. Bruns. Vor mir stand eine Frau, die mir ähnlich war, die ich war. Mein Spiegelbild drehte sich um und ging, ohne sich zu verabschieden, die Treppe hinunter. Doch mir schossen andere Gedanken durch den Kopf. Wie wäre es gewesen, wenn ich Robert abgeraten hätte? Mach es nicht, ich kann dir mit gutem Gewissen die Daumen nicht drücken, mein Gefühl sagt mir, daß der Stunt zu gefährlich ist. Aber ich habe gesagt, dir passiert nichts, ich drücke dir die Daumen. Bin ich nicht genauso schuldig an seinem Tode wie Dr. Bruns an dem seiner vier Freunde?

Wie viele solcher Stunts hatte Robert überlebt? Hunderte. Es ist ja nicht nur der Verlust, der schwer wiegen wird, es ist die Schuld schlechthin. Noch bin ich nicht bereit für das Akzeptieren von Schuld und Verlust. Noch ist die Nachricht zu neu, sie hat mich noch nicht erreicht. Aber ich spüre es: Sie ist auf dem Wege zu mir.

Ich blickte in den Spiegel, und … ich war ich. Wie konnte ich es schaffen, ich zu bleiben?

Ich duschte mich. Kalt. Kaum stand ich unter der Dusche, klingelte das Telefon. Das ist Robert, dachte ich. Robert. Seine unsterbliche Seele ist wieder in seinen Körper zurückgekehrt, so wird es sein.

Ich lief nackt ans Telefon, auf dem Parkett Pfützen hinterlassend, nahm den Hörer ab. »Hallo, hallo Robert, hallo Marcello, hallo!« Aufgelegt.

War er es? Ein merkwürdiger Schmerz in meinem Körper. Ein Ziehen und Stechen, ich spürte die Veränderung. Meine Füße, meine Hände, mein Kopf gehörten nicht mehr mir. Ich blickte in den Spiegel, und Robert Zülke, Marcello Verde, blickte zurück. Ich war er.

Kettenkarussell

Eduard Howald hatte sich an ihre Alpträume gewöhnt. Jede Nacht dasselbe. Aber in der Nacht bevor sie abgeholt wurden, war es anders. Er hatte geschrien und nicht sie.

»Sieh mal an, nicht du hast geschrien, ich habe es«, sagte er, als seine Mutter ihn überrascht anblickte, »ich habe mich statt deiner aus einem eigenen Alptraum befreit. Aber – was habe ich geträumt? Was war es? Ich weiß es nicht. Ich denke darüber nach, und ich komme nicht darauf.«

»Du weißt genau, was es war«, erwiderte sie.

»Glaubst du wirklich?« fragte er unsicher.

Die Alpträume seiner Eltern, dachte Eduard, jede Nacht dasselbe. In besagter Nacht war es besonders schlimm. Das erste Mal der Vater. Er hatte geschrien, daß es Eduard in der Seele schmerzte. Der Alptraum des Schlafes, dachte er, den wird mein Vater noch vermissen, der wird ihm fehlen, wenn er jetzt in den Alptraum des Lebens muß. Ach, könnten sie doch in ihre Träume zurück, das wünsche ich ihnen, dachte der Sohn, der Chirurg Eduard Howald, der schon seit vier Wochen bei den Eltern übernachtete. Man wußte ja, daß überall abtransportiert wurde, man mußte jeden Augenblick damit rechnen. Vorgestern war ein Militärlaster auf den Marktplatz gefahren und hatte über einen scheppernden Lautsprecher verkündet: »Heute, am 17. Oktober 1942, teilen wir folgendes mit: Alle Juden in der Akazienstraße haben sich morgen, am 18. Oktober, um 7 Uhr auf dem Marktplatz einzufinden. Wer dem Befehl nicht nachkommt, wird erschossen.«

Eduard dachte sofort an die Eltern von Jurek, die ihre Buchhandlung in der Akazienstraße hatten. Müssen die? Aber nein, nein. Jureks Eltern wohnten nicht in der Akazienstraße, dort war ja nur ihr Geschäft.

Eduard fragte seine Eltern: »Warum, warum wollt ihr euch nicht helfen lassen? Ernst Machuleit kann und will helfen. Ihr habt selbst gesagt, er ist ein Könner. Mutter sagte sogar, er sei ein Genie. Also nehmt euern gepackten Koffer und kommt. Um zehn sollen wir bei ihm sein.«

Der Vater schüttelte den Kopf. »Uns kann keiner helfen. Wir brauchen keine Hilfe. Gott nahe sein, in Gott leben, mein Junge, das gibt uns Kraft. Unsere Sorge sind nicht wir, unsere Sorge bist du. Wenn wir wüßten, daß du überlebst, dann würden wir freiwillig und guten Mutes zu Gott gehen.« Und nach einer Pause fügte er hinzu: »Uns wird gar nichts geschehen. Wie vielen Menschen habe ich das Leben gerettet. Das kann und wird man in P. nicht vergessen.«

Doch! Sie werden es vergessen, wollte Eduard erwidern, ließ es aber.

Die Mutter schwieg, sie streichelte Eduard über die Haare. Sie war die Stärkere, das wußte er. Auch ohne Gott gab sie dem Vater Halt, der wie er Chirurg war.

Eduard suchte nach etwas, das er mitnehmen könnte, etwas wie eine Verbindung zu seinen Eltern, zum Elternhaus. Was? Ohne wirklich zu überlegen, ergriff er seinen alten Malkasten, schob ihn in die rechte Manteltasche, und sein Rasierzeug, schob es in die linke Manteltasche, und eilte los. Es war ja schon zwanzig vor zehn.

Jakob Löwenstein, Rechtsanwalt, blickte nachdenklich auf seinen Vater, den ehemaligen Bankdirektor des Städtchens P., der mit einem Zentimetermaß durch die Wohnung lief, Möbel und Stellwände betrachtete. Was und wie paßt da oder dort hin? Zum Beispiel der Schrank, die Kommode, der Tisch von dieser Wand an die Wand eines anderen Zimmers?

Jakob wußte, schon häufig hatte er es getan: Wenn es in ihm rumorte, räumte der Vater die Wohnung um, tauschte Eß- und Wohnzimmer aus oder Musik- und Kinderzimmer, diesmal Schlaf- und Herrenzimmer.

»Aber warum tust du das?« fragte Jakob.

Der Vater gab keine Antwort, er hatte es ja schon vor Tagen mitgeteilt. Das Schlafzimmer sollte von der Straßenseite zur Hofseite verlegt werden, da sei es ruhiger, obwohl es auf der Straßenseite während der Nacht durchaus ruhig war. Aber diese Mitteilung war ja nur ein Vorwand, um endlich mit dem Umräumen zu beginnen. Es rumorte in ihm schon seit Jahren, besonders seit er als Bankdirektor entlassen worden war. Als Jude sei er auf diesem Posten unerwünscht.

Die Mutter war in der Küche, Geschirrschränke

säubernd, ebenfalls etwas tuend, was sie ablenken würde von der großen Sorge: Würde man sie aus der eigenen Wohnung holen, würden sie wirklich abgeholt werden, und wenn ja, wann?

»Ich gehe jetzt«, sagte Jakob zu seinem Vater, »ich bin mit Ernst Machuleit verabredet. Ich habe euch schon vor Tagen gebeten, mitzukommen. Er will uns helfen, und ich glaube ihm, daß er uns helfen kann. Aber du räumst die Zimmer um. Ich frage noch einmal: Warum?«

Der Vater murmelte, ohne aufzublicken, er vermaß gerade eine Kommode: »Geh nur, geh!«

Jakob öffnete die Küchentür und sagte zu seiner Mutter: »Ich gehe jetzt. Du weißt ja, ich bin mit Ernst Machuleit verabredet, bin so schnell wie möglich wieder zurück – wenn es noch möglich ist.«

Die Mutter, auf einem Küchenstuhl stehend, den ausgeräumten Küchenschrank säubernd, jede Ecke gründlich wischend, das ausgeräumte Geschirr, das auf dem Herd verteilt war, mit langem Arm wieder holend, es zurück auf die gesäuberten Bretter stellend, ordentlich, die Malerei auf den Tassen nach vorne, da und dort eine kleine Drehung, blickte Jakob lange an.

Jakob wartete einen Moment. Würde sie etwas sagen? Nein, auch sie sagte nichts. An der Tür drehte er sich kurz um und sah, wie sie sich mit der Küchenschürze die Tränen aus den Augen wischte, und Jakob dachte: Ich komme in jedem Fall noch mal zurück, und ich hole sie!

Jurek Magath, Journalist und Poet, blickte auf seinen Vater, der in seinem Sessel saß und las. Er hörte nicht mehr auf zu lesen, er las sich aus dem eigenen Leben hinaus, in die Leben der Figuren seiner Bücher hinein. Weg, bloß weg aus dem eigenen!, seit die Nazis seine Buchhandlung in der Akazienstraße in Brand gesetzt hatten. Vater und Mutter taten, als existiere das widerwärtige Leben um sie herum gar nicht. Die Mutter las im Schlafzimmer, der Vater in der Bibliothek. Die ganze hochherrschaftliche Wohnung war vollgestopft mit Büchern. Was in die Regale und Schränke nicht mehr hineinpaßte, war auf dem Fußboden gestapelt. Vater und Mutter hatten aus der brennenden Buchhandlung gerettet, was noch zu retten war. Nun stapelten sich halbverbrannte Bücher in hohen Türmen, in allen Zimmern verteilt, selbst Korridor und Küche waren vollgestopft mit angebrannten Buchresten.

»Warum hebt ihr alles auf?« fragte Jurek. »Es sind doch nur Reste?«

»Die Gedanken, die in diesen Resten stecken, sind wichtiger als alle Gedanken der Nazis«, antwortete der Vater ungeduldig. »Außerdem: Bücher und Brot schmeißt man nicht weg.«

Jurek Magath war um zehn mit Eduard Howald und Jakob Löwenstein bei Ernst Machuleit verabredet, der ihnen helfen wollte, das Städtchen P. zu verlassen, sie in die Freiheit zu bringen, solange es noch ging. »Kommt mit euren Eltern«, hatte er gesagt, »ich werde euch helfen.«

»Wie will er uns in die Freiheit bringen?« fragte der Vater, ohne vom Buch aufzublicken.

»Das sagt er nicht, aber er schafft es, glaubt mir.«

Der Vater schüttelte den Kopf und las weiter.

Dann lief Jurek ins Schlafzimmer. »Mutter, komm, ich bitte dich!«

Auch die Mutter schüttelte den Kopf und las weiter.

Jurek war früh aufgestanden, gegen sechs, hatte sich aus einem Stapel halbverbrannter Bücher eines gegriffen und ebenfalls angefangen zu lesen, Tolstois »Anna Karenina«. Eigentlich hatte er nur ein wenig herumblättern wollen, aber dann konnte er gar nicht mehr aufhören, ja, und so hatte er sich verspätet. Mein Gott, er blickte auf die Uhr, zehn! Er sollte ja um zehn bei Ernst Machuleit sein, also los, los! Ohne sich von den Eltern zu verabschieden, rannte er die Treppen hinunter, das Buch unterm Arm. Schnell, schnell! Kaum über der Straße, sich noch den Mantel zuknöpfend, hörte er die Laster kommen. Er blieb stehen, hinter einer Mauer gut verdeckt, und wartete, sah den Abtransport der Juden aus seiner Straße – und sah, wie auch seine alten Eltern aus dem Haus geholt, wie sie auf den Laster gehoben wurden, im Innern des Lasters verschwanden. Noch sah er sie, den Hut seines Vaters, die weißen Haare seiner Mutter, noch … Es brach ihm das Herz, und er hatte sich nicht einmal verabschiedet.

Ernst Machuleit, Zauberer, war ein hochaufgeschossener Mann von neunundzwanzig Jahren, gutaussehend, schwarze, träumerische Augen, ein Meister des Zauberns. Der nichts Besonderes sein oder werden wollte, unauffällig wollte er bleiben, jemand von den vielen sein, die uns auf der Straße begegnen könnten oder im Park oder beim Kolonialwarenhändler. Helfen wollte er. Er reparierte, er erfand, er zauberte, er machte all das, was in der Schule nicht gelehrt wurde, und all das machte er mit großer Leidenschaft und – großem Talent. Mit einer gewissen hellseherischen Fähigkeit, wie er manchmal sagte. »Ich folge den närrischen Träumen, die auf der Schattenseite des Lebens stattfinden. Im Unsichtbaren möchte ich Erfolge erzielen. Sie müssen von einer großen Öffentlichkeit nicht bemerkt werden, nur von jenen, denen ich helfen konnte. Aber gerade Ernst Machuleits Nähe zur Schattenseite des Lebens hatte ihm, dem Klassenschlußlicht, viel Gespött der Klassenbesten eingebracht. Er jedoch ließ sich vom Gespött nicht abhalten, das zu tun, was er tun wollte.

Alle vier wurden 1913 in P. geboren, sie gingen gemeinsam zur Schule, spielten gemeinsam Skat, richtiger Doppelkopf. Doch schlugen sie unterschiedliche berufliche Wege ein. Ernst Machuleit hatte sich der Magie verschrieben, dem Transport vom Sinnlichen ins Übersinnliche, vom Leben zum Tod, und vom Tod zum Leben, darin hatte er sich perfektioniert, Menschen verschwinden und wieder auftauchen, ja sogar Menschen sterben und wiederauferstehen zu lassen. »Nur so bin ich Gott nahe«, sagte er, und Eduard, Jakob und Jurek hatten keine Zeit mehr, über ihn zu lachen. Die Zeit war knapp geworden, wollten sie überleben.

Jetzt endlich waren sie bereit, sich vom Klassenschlußlicht helfen zu lassen, und jetzt waren sie auch bereit, ihm zu glauben, daß er helfen könne, er, der kein Jude war. Die Nähe zum eigenen Tod hatte ihnen ihre Überheblichkeit genommen. Sie waren abhängig geworden. Das herablassende Lächeln war aus ihren Gesichtern verschwunden.

Um zehn also trafen sich Eduard, Jakob und Jurek, der sich um eine Stunde verspätet hatte, weil er den Abtransport seiner Eltern mit ansehen mußte, mit Ernst Machuleit, auch Puderquaste genannt. Warum Puderquaste? Eine Namenserfindung der drei aus frühen Schultagen, um Ernst Machuleit lächerlich zu machen. Aber der hatte damals, vor mehr als zwanzig Jahren, gesagt: Ich habe nichts dagegen, ich mag Puderquaste, nennt mich ruhig so.

Machuleit führte sie – es war später Nachmittag geworden – zu dem Gehöft am Rande der Stadt, wo er mit seiner Mutter Hedwig lebte. In der Scheune schob er eine Wand wie eine Schiebetür zur Seite, und es wurde ein Heuboden sichtbar, ein kleiner, enger Raum, mit Stroh ausgelegt, Platz für drei. »Es muß reichen«, sagte er. »Das kleine Dachfenster gibt Licht. Es tut mir leid für eure Eltern«, sagte er, »daß ihr sie nicht habt überzeugen können, mitzukommen.«

Lange Pause.

Eduard und Jakob mögen gedacht haben: Wie können wir uns jetzt in ein Versteck hocken, uns in Sicherheit fühlen, während unsere Eltern wie Jureks abgeholt wurden oder werden?

Und Machuleit sagte, als habe er ihre Gedanken gehört: »Wir werden uns um eure Eltern kümmern.«

»Wer sind wir?«

»Ich«, verbesserte sich Machuleit, »werde mich kümmern. – Die schmale Leiter zieht nach oben und hängt sie an diese beiden Nägel«, sagte er, keine Pause für Fragen und Gefühle lassend. »Während der Nacht hört auf Kuno, wenn Kuno bellt, nur flüstern! Die Wände sind dünn. Kuno ist der beste Wachhund, den es gibt«, sagte Machuleit und kraulte dessen Ohren. Er hatte ihn eigens auf den Dachboden gehievt, um ihn wissen zu lassen, daß es sich bei diesen dreien um Freunde handelt. »Hast du verstanden, Kuno?«

Kuno wedelte mit dem Schwanz und beschnupperte die drei.

»Wie lange können wir bleiben?« fragte Jakob.

»Ich bringe euch in Sicherheit«, antwortete Machuleit, »sobald ich kann, aber stellt keine Fragen.«

Die drei, die sonst immer Fragen stellten, stellten diesmal keine.

Im Versteck gab es einen Eimer Wasser und drei Tassen, Stroh zum Liegen, mehr nicht.

Jurek hatte das halbverbrannte Buch geteilt, es war so stark beschädigt, daß es beinahe von allein auseinanderfiel. Er gab Jakob den Teil, den er schon gelesen hatte, der von ihm noch ungelesene Teil war etwas dicker, und Jurek sagte: »Redlich geteilt, fast halbehalbe.«

Jakob nickte.

Eduard holte seinen Malkasten aus der rechten Manteltasche. Warum sollte er nicht malen? Er holte sich Wasser aus dem Eimer, die Tasse halb voll. Ein Stück Pappe fand er unter dem Stroh, ja, darauf ..., darauf müßte es gehen.

Die drei bemühten sich, nicht an ihre Eltern zu denken, nicht an ihre Freunde, nicht an den Verlust. Sie wollten sich nicht mit Vorwürfen aufhalten: Warum sind wir nicht bei denen geblieben, die abgeholt wurden? Warum sind wir jetzt nicht an ihrer Seite?

Jurek und Jakob begannen zu lesen und Eduard zu malen. Doch man kann sich vorstellen, daß die drei nicht sehr konzentriert waren. In ihrem Inneren tobte es. Jurek dachte, warum habe ich mich nicht auf die Männer gestürzt, sie getötet, warum blieb ich feige hinter einer Mauerecke und sah zu, wie die Eltern abtransportiert wurden?

Und Jakob? Dachte er an seinen Vater, wie er die Zimmer umräumte? War er mit dem Umräumen fertig geworden? Haben sie ihn abgeholt, oder räumt er noch um? Hätte ich ihm nicht dabei helfen sollen, der Sinnlosigkeit einen Sinn zu geben? Er mag auch an seine Mutter gedacht haben, wie sie auf dem Küchenstuhl stand. Hatte sie noch Zeit gehabt, das Geschirr in den Schrank zu räumen, die Tassen ordentlich mit der Malerei nach vorn? »Wenn ich die Wohnung verlassen muß«, hatte sie wiederholt gesagt, »will ich sie sauber verlassen. Ich will keine häßliche Nachrede.« Dachte Jakob an diesen Satz?

Aber Eduard muß klar gewesen sein, daß er als Arzt versagt hatte. Als Arzt gehörte er selbstverständlich an die Seite der Alten und Kranken und nicht auf einen Dachboden in Sicherheit, nein! In einem wichtigen Moment seines Lebens hatte er den falschen Weg eingeschlagen, egoistisch gehandelt. Da konnte der Vater zehnmal gesagt haben: Unsere Sorge bist du. Wenn wir wüßten, daß du überlebst, dann würden wir freiwillig und guten Mutes zu Gott gehen. Ich schäme mich. Ich schäme mich, mag er gedacht haben. Dachte er das wirklich?

Sicher ist, er hielt ein Stück Pappe auf den Knien. Es war dunkel, und er konnte kaum sehen, was er malte. Er hielt die Pappe vors Dachfenster wie Jakob und Jurek ihre Bücher, um das wenige Licht noch zu nutzen. Er benutzte dunkle Farben. Dunkle Farben sieht man merkwürdigerweise im Dämmerlicht besser. Schwarz, Dunkelbraun, Dunkelblau pinselte er unbeteiligt auf die Pappe. Als die Farben trocken waren, übermalte er das Ganze mit dunklem Grün. Ein eigenartiges Bild des Todes, dachte er. Er stellte sich vor, die Eltern wären in ihren Betten. Gleich müßte er durch ihre Alptraumschreie geweckt werden wie jede Nacht. Gleich müßte es geschehen, gleich. Aber nichts. Keine Alpträume mehr.

Jakob und Jurek legten ihre halben Bücher weg, das Licht war zu schwach. Eduard wartete auf die Trauer um seine Eltern, die doch kommen müßte.

Aber sie kam nicht. Keine Trauer. Als seien die Gefühle gestorben. Jakob machte sein Feuerzeug an, damit Eduard seine Malerei betrachten konnte. Und er betrachtete sie, von nah, von fern. Jakob folgte seinen Bewegungen mit dem Feuerzeug. »Malen ist schwer. Alles, was man tut, tut man irgendwann zum letzten Mal. Warum sollte es nicht das Malen sein?«

Eduard legte die bemalte Pappe auf den Boden, hielt sie an die Decke, an die Wand. Nein, das …, das war nichts, das war Enttäuschung. Das Bild war das Ergebnis von Fehlern. Er hatte, wie gesagt, nur dunkle Farben benutzt, und da er schließlich das Bild an die Wand gestellt hatte, waren die nassen Farben nach unten gestürzt wie Regen auf der Fensterscheibe. Der Tod, der von oben kam.

Jurek sagte: »Mach das Feuerzeug aus, man kann die Flamme im Fenster sehen.«

»Gut. Ich werde das Bild draußen betrachten«, sagte Eduard, »da gibt es noch etwas Licht.«

»Aber vorsichtig!«

Jurek nahm die Leiter von den Nägeln, schob sie durch die Dachluke hinunter, leise, vorsichtig, und Eduard stieg sie rückwärts, sich am wackligen Geländer haltend, hinab. Dann schlich er auf Zehenspitzen über einen modrigen, lehmigen Grund, auf dem allerlei Gerümpel gelagert war. Vorsicht, nicht ausrutschen oder stolpern, keine Geräusche auf dem Wege zur Eingangstür. Er schob den Riegel zur Seite, öffnete die Tür einen Spalt, steckte die Nase einen

Zentimeter an die frische Luft, eine angenehme Brise vom See. Durchatmen! Tief durchatmen!

Es nieselte etwas, er nahm an, aus dem Nieseln könnte ein Dauerregen werden, so schien es, und so schien es nicht nur, so geschah es auch. Er betrachtete ein Kettenkarussell, das unweit der Scheune auf einer Wiese wie ein Gespenst in den Himmel ragte, unheimlich, eher ein Gerät des Schreckens als des Vergnügens. Was will Machuleit mit so einem Gerät, auch zaubern? Die Sitze bewegten sich im Wind, klirrende Ketten. Und dann stellte er fest, daß er wegen der Vorsicht beim Runterklettern sein Bild, das er draußen im Dämmerlicht noch betrachten wollte, im Versteck vergessen hatte. Er dachte über das Bild nach, das beim Nachdenken darüber besser war als beim Betrachten. Die Gedanken machten es besser. Unter den Farben sah man doch ein Gesicht, es hatte Ähnlichkeit mit seinem Vater. Dann hatte er darunter mit einem Rest von Pastellstift gekritzelt: *Ich mache ihr Geschenke und suche nach einer Möglichkeit, ihr meine Liebe zu zeigen. Aber dann bin ich kühl, distanziert zu ihr, versuche zu erreichen, daß sie mich haßt. Denn wenn sie mich haßt, wird es mir eher gelingen, sie nicht lieben zu müssen, der ich sie doch grenzenlos liebe.*

Ja, seine Freundin hatte ihn verlassen. Es ist zu gefährlich mit dir, ich will leben, hatte sie ihm gesagt und war nach Berlin verschwunden. Eine Arierin mit Überzeugung. Und Eduard hatte sie in ihrer Überzeugung unterstützt: Geh! Geh! Aber sie hatte

Eduard, und das rechnete er ihr hoch an, nicht aufgeben wollen, nie, ich liebe dich, so sagte sie, ich liebe dich, so beschwor sie es – und so wollte er es ihr glauben. Und auch er liebte sie, weil niemand mehr da war, den er sonst hätte lieben können. Er würde sich daran gewöhnen müssen, daß sich seine Liebe zweigeteilt hatte, wie eine Landschaft, die von einem Erdbeben auseinandergerissen worden war. Auf der einen Seite die Freundin unter den Lebenden, auf der anderen seine Eltern unter den Toten. Unter den Toten. Nein, nein, sein Bild signalisierte doch, daß sie am Leben bleiben würden, und Eduard wollte diesem Signal vertrauen. Das ist das Gute am Malen: Man bekommt Antworten. Und weil er sich den Malkasten eher zufällig gegriffen hatte, als er aus der Wohnung seiner Eltern eilte, dachte er darüber nach, ob nicht die Zufälligkeit eine Absicht des Schicksals war. Jakob hatte gesagt, alles, was man tut, tut man irgendwann zum letzten Mal. Warum sollte es nicht das Malen sein? So nachsichtig hatte er das gesagt, ohne geringste Lust auf Streit, und er, Eduard, hatte nichts erwidert. Warum, wieso kein Streit? Immerhin sind wir doch einst Streithähne gewesen, dachte Eduard. Wir stritten ständig, mit Vergnügen, gaben leidenschaftlich an. Wir machten uns gegenseitig schlecht, um selbst der Bessere zu sein. Damit ist nun Schluß, dachte er. Die Nazis haben uns älter und weiser gemacht, als es unserem Alter entspricht. Und Eduard stellte so etwas wie Bedauern fest. Er vermißte die abfälligen Bemerkungen von Jakob und Jurek über seinen Malversuch. Früher wären sie übereinander hergefallen. Früher hätte Jurek gesagt: Ich kenne keinen unbegabteren, schlechteren Maler als dich. Und Eduard hätte geantwortet: Ist mir egal! In früheren Zeiten hätte Jurek darauf bestanden, daß es zwischen »schlecht« und »unbegabt« keinen Unterschied gäbe. Während Eduard versucht hätte, ihm den Unterschied zu erklären, der unglaublich groß sei. Darüber hätten sie sich eine Woche in den Haaren liegen können. Aber jetzt schien für sie der Unterschied nicht mehr zu existieren.

Und dann gab es für ihn noch einen Grund zu malen. Es würde ihn auf andere Gedanken bringen als die der Trauer, der Angst, des ständigen Abschiednehmens, der orientierungslosen Liebe. Für Eduard war das Nachdenken über sein Bild wie ein Gespräch mit seinen Eltern. Dabei konnte er sich für Augenblicke glücklich fühlen. Nur die Farben, die könnten sich schneller als angenommen aufbrauchen. Was, wenn er keine mehr hätte? Wo holte er sich dann Hoffnung her? Gleichzeitig dachte er: Denk nicht darüber nach. Wenn die Farben alle sind, wird schon etwas anderes kommen. Die Hoffnung braucht nicht viel. Beinahe war er neugierig darauf, was die Hoffnung, wenn die Farben verbraucht waren, an wenigem benötigen würde, um zu kommen.

Ironie des Schicksals. Er hatte einst dem SS-Offizier das Leben gerettet, der für den Abtransport der Juden aus P. verantwortlich war. Darmverschluß.

Und er operierte. Warum habe ich ihn nicht umkommen lassen, warum? Eduard gab es zu, er war zu feige gewesen, traute sich nicht. Aber was hätte es gebracht, wenn er sich geweigert hätte? Wieso, das fragte er sich, waren er, Jurek und Jakob nicht längst abgeholt worden? Fragen, die er nicht beantworten konnte. Es gab keine Antworten dafür. Hatte man sie einfach vergessen? Sie waren ja wohl die einzigen drei jungen Männer in P., die weder im Krieg noch im Beruf noch sonst für irgend etwas nützlich im Sinne Hitlers sein konnten, drei nutzlose Juden im Staate der Nazis, die um ihr Leben bangten, zwar mit dem gelben Stern auf ihren Mänteln, aber ansonsten unbehelligt. Aber vielleicht sollen wir verschachert werden? Erfolgreiche junge Juden, so hat man gehört, Himmler persönlich soll das gesagt haben, sollen gegen gutes Geld im Ausland verschachert, verramscht werden. Wieviel würden wir drei den Nazis bringen? Darüber dachte Eduard nach. Jeder Mensch ist unser Feind, jeder kann uns verramschen, jeder verrät uns, jeder bringt uns um, so oder so. Das dachte er. Das war als Gewißheit geblieben: die Angst, die ewige Angst, gerade weil sie scheinbar so unbehelligt im Städtchen P. sein durften. Ihre Namen standen längst auf einer Liste, daran hatte er keinen Zweifel. Daß man sie noch auf der Wartebank ließ, konnte doch nicht damit zu tun haben, daß er, Eduard, den SS-Offizier operiert hatte. Es hatte sicher damit zu tun, daß man sich für sie, den Chirurgen, den Anwalt, den Poeten und Journalisten, besondere Qualen, besondere Folterungen ausdachte. Dabei war dieses Warten auf den Abtransport schon eine Qual. Ja, Eduard hatte manchmal beinahe erleichtert an das Auto der Abholer gedacht, dessen Reifen vor der Wohnung quietschen würden, wie die schreienden, uniformierten Mörder herausspringen und die drei vor sich her treiben würden: Los, los! Rein mit euch! Ab in die Lager! Dieses ewige sinnlose Warten – war das eine besonders subtile Folter, die sich die Nazis ausgedacht hatten?

Eduard blickte in den Himmel. Der Regen fiel in sein Gesicht, beinahe zärtlich, so empfand er es. Er hörte das dumpfe Brummen über den Wolken, die englischen Bomber auf dem Weg nach Berlin, wie ein eiserner Bienenschwarm. Fallt, Bomben, fallt! Auch in P.! Auf das Hauptquartier des SS-Offiziers, Geschenke des Himmels, und schickt die Nazis in die Hölle!

In diesem Augenblick erschien Machuleit. Eduard wäre beinahe das Herz stehengeblieben. Er kam aus dem Nichts, der schwarze Mantel hatte ihn im Dämmerlicht unsichtbar gemacht.

»Na«, sagte er, »tut gut, die frische Luft. – Da fliegen sie.« Machuleit hob den Kopf, und Eduard sagte: »Wenn sie hier die Bomben schmeißen würden, ich hätte nichts dagegen. Wenn man schon getötet wird, dann lieber durch die Bomben der Freunde als durch das Gas der Feinde.«

»Freunde?« sagte Machuleit, »sie wissen doch genau, daß sie Hitler, Göring, Goebbels nicht treffen, sie bombardieren die Unschuldigen und zerstören die Städte. Was haben die Unschuldigen und die Städte ihnen getan? Die einen sind Verbrecher, die anderen sind es. Die Frage, wer angefangen hat, ändert daran nichts.« Und dann sagte er: »Meine Mutter wird euch gleich das Essen bringen. Sie kocht und kocht, für uns bleibt kaum etwas übrig. Ist das nicht übertrieben? fragte ich sie. Sie schüttelte den Kopf: Sie kann nicht anders. Der einzige Grund für uns, auf dieser Welt zu sein, ist, Gutes zu tun. – Ja, ich muß«, sagte Machuleit und verschwand so schnell, wie er gekommen war, im Dämmerlicht.

Gerade als Eduard die Eingangstür zur Scheune schließen wollte, kam Kuno, der Jagdhund. Er beschnüffelte Eduard, wedelte mit dem Schwanz, freundliches Wiedererkennen, und verschwand in der Nacht. Eduard schloß die Tür, vorsichtig, jedes Knarren vermeidend. Jurek ließ die schmale Stiege runter, und Eduard, sich am wackligen Geländer haltend, stieg sie wieder hoch, leise, auf Zehenspitzen. Beide verschwanden im Versteck, doch vorher brachten sie Leiter und Wand in die richtigen Positionen.

Eduard setzte sich in die Ecke unters Dachfenster und tastete nach seinem Bild. Es war immer noch naß. Nein, nein, betrachten mochte er es nicht, er hätte es auch gar nicht betrachten können, alles war dunkel, er war umhüllt von Nacht.

Das Beste habe ich sowieso nicht geleistet, dachte er. Das Beste hatte der Zufall geleistet. Es waren die heruntergelaufenen Farben, sie hatten ihren Weg ohne ihn gefunden, er hatte nur den Zufall organisiert. Er sollte sich in Zukunft angewöhnen, sich nicht einzumischen. Laß den Zufall malen! Und er dachte darüber nach, wie er am besten zu organisieren sei. Wie? Ja wie? Noch hatte er keine Vorstellung davon, aber er ahnte, daß es eine Lösung geben müsse.

Mitten in der Nacht brachen Eduard und Jakob auf. »Komm, wir müssen«, sagte Eduard, »vielleicht sind sie noch da. Wir müssen zu unseren Eltern.«

Nach drei Stunden kehrten sie zurück, kletterten die Leiter hoch, die Jurek ihnen runtergelassen hatte. Sie ließen sich ins Stroh fallen, sprachen kein Wort, und Jurek wußte, auch ihre Eltern waren abgeholt worden.

Wie sich die Ereignisse kreuzen, ohne Verabredung, ohne die geringste Ahnung voneinander. Natürlich hatte jener SS-Offizier Eduard, Jakob und Jurek nicht vergessen, natürlich wurden sie längst gesucht. Das war das eine Ereignis. Und das andere war – Machuleits Plan. Er war fertig in dem Moment, als die Nazi-Häscher die Tür zu Eduards Wohnung aufstießen. Wo ist Eduard Howald, der Chirurg, wo sind seine Freunde Jakob Löwenstein und Jurek Magath, wo? Suchen! Na los, los, los! Finden!

Im selben Moment erklomm Machuleit die Stiege hinauf zum Dachboden der Scheune. Er stand da wie ein Heiliger, ein großer, schöner Mann im langen schwarzen Mantel, hob seine Hände und sagte: »Ich werde euch sterben und wiederauferstehen lassen.

Eure Beerdigung und eure Auferstehung werden in Kürze stattfinden, und beides wird erfolgreich sein. Eure Namen werden von der Liste gestrichen, was nachteilig ist für den SS-Offizier, es wird heißen, die drei haben sich freiwillig in den Tod begeben, sie sind uns zuvorgekommen, das muß ihn schmerzen. Seht zu, denke ich, wird er zu seinen Untergebenen sagen, daß die Leute in Zukunft sich nicht töten, bevor wir es tun. Eine Verschwendung des Todes darf es nicht geben. Wir sind für ihn zuständig, wir! Und kein anderer.«

Machuleit strich mit den Händen durch sein dichtes schwarzes Haar, schlug den Mantelkragen hoch. »Ja, dann werde ich mal wieder«, sagte er, kletterte die Leiter hinab, und Jurek fragte, während er die Leiter festhielt: »Ich möchte dir einige Fragen stellen, auch Eduard und Jakob haben Fragen.«

»Ich möchte aber nichts beantworten«, sagte Machuleit kurz.

Machuleit, das Schlitzohr, das Zaubergenie. Er wollte sein Geheimnis, wie er Tod und Auferstehung durchführen würde, mit den drei Klassenbesten nicht teilen, er fürchtete Diskussionen.

»Ihr seid im Diskutieren besser, ich im Machen«, sagte er und lächelte. Unten wartete er, bis die Leiter aufgehängt und die Wand in die richtige Position geschoben war. Jagdhund Kuno hatte sich neben ihn gesetzt. Doch dann rief er: »Laßt die Leiter noch mal runter, ich habe etwas Wichtiges vergessen.« Während die Leiter runtergelassen wurde, kraulte er Kuno zwischen den Ohren und murmelte: »Ich habe nichts Wichtiges vergessen, ich habe *das* Wichtigste vergessen«, und Kuno wedelte sitzend mit dem Schwanz. Machuleit kletterte hinauf, übergab Eduard Skatkarten und sagte: »Gegen die Langeweile. Ihr werdet Geduld haben müssen. Hört gut zu: Jeder von euch muß eine Geschichte erzählen können, selbst erlebt und parteibeleidigend, davon wird der Erfolg eurer Rettung abhängen. Wahre Geschichten! Sie müssen einer Überprüfung standhalten, Zweifel ausgeschlossen. Denn wenn ihr beerdigt werdet, müssen die Nazis überzeugt sein, daß ihr es seid, die beerdigt werden.«

»Was haben Geschichten mit unserer Rettung zu tun?«

»Fragt nicht! Denkt über Geschichten nach!«

Noch nie waren die Klassenbesten dem Klassenschlußlicht so hilflos ausgeliefert, aber sie ertrugen die Hilflosigkeit stumm, dankbar. Der tiefere Sinn ihres Gehorsams war ihre Gewißheit, daß nur er helfen konnte.

»Noch eine Nacht brauche ich«, flüsterte Machuleit. »Sobald es morgen dunkel wird, geht zu Schonert.«

»Zu dem einbeinigen Wirt, dem spitzelnden Parteigenossen?«

Und dann gab Machuleit Anweisung, mehr als gewöhnlich. »Ja. Spielt Skat, und erzählt eure Geschichten, beleidigt die Nazis nach Kräften. Darauf kommt es an. Schonert muß Angst kriegen, euch in die Kneipe gelassen zu haben, die morgen nur für euch geöffnet sein wird, und er wird, kaum haben wir die Kneipe verlassen, uns stehenden Fußes folgen, um zu sehen, was geschieht. Schließlich muß er sehen, was er zu berichten hat. Am darauffolgenden Morgen wird er zur Gestapo gehen und gestehen, ihm sei ein Mißgeschick passiert, er habe euch bei sich Skat spielen lassen, und er wird um Nachsicht für sein Verschulden bitten. Wir kennen ihn, wir wissen, er ist nicht unbedingt ein Verbrecher, aber ein spitzelnder Nazi. Noch mal: Wenn eure Geschichten zu harmlos sind, kann es passieren, daß er nicht zur Gestapo geht, und dann gelingt mein Plan nicht. Und noch etwas: Es kann sein, daß ein SS-Offizier in die Kneipe kommen wird, der soll Schonert Furcht einjagen. Ein Grund mehr für ihn, zur Gestapo zu gehen, doppelte Absicherung. Laßt Jurek die Hauptgeschichte, er kann es am besten, schließlich ist er Dichter. Eventuell muß er nämlich seine Geschichte dehnen, in die Länge ziehen, falls wir mit den Vorbereitungen länger brauchen als vorgesehen. Anderthalb bis zwei Stunden könnten es werden. Wenn es soweit ist, werde ich mit Kuno kommen und euch holen. Schonert darf gar nicht zum Nachdenken kommen, er muß überfordert werden. Alles Schlag auf Schlag, das macht ihm angst! Nun werden es die Nazis, wie wir sie kennen, mit der Frage zu tun haben, sollen sie nachsichtig sein oder nicht? Sie werden alles überprüfen. In dieser Zeit wird es geschehen. Ich werde euch sterben und auferstehen lassen. – Noch etwas: Ich stelle euch Schnapsflaschen auf den Tisch, die müßt ihr leer machen, aber nicht trinken, euer Kopf muß klar bleiben, heimlich auskippen! Neben eurem Tisch sind Zimmerpflanzen in Töpfen, da kippt ihr's hinein. Schonert muß denken, ihr sauft wie die Strandhaubitzen.«

»Ist ... eine Frage erlaubt?« fragte Jakob.

»Bitte!«

»Was passiert, wenn Schonert die Gestapo anruft, während wir unsere Geschichten erzählen?«

»Gar nichts passiert.«

»Wieso?«

»Sein Telefon ist kaputt.«

»Was, wenn er sich einen Wagen kommen läßt?«

»Macht er nicht. Er geht immer gegen drei Uhr nachts zu Bett und schläft bis morgens elf Uhr. Frühestens dann wird er die Gestapo benachrichtigen.«

»Und ... wenn es doch anders kommt?«

»Stellt keine Fragen. Ihr müßt mir vertrauen.«

Pause.

Die drei nickten und schwiegen.

Machuleit verließ den Dachboden, sorgfältig prüfend, daß keine Spur zum Versteck sichtbar war. Kuno folgte ihm, noch einmal hinaufblickend, als hätte er verstanden, worum es ging.

Sie hatten sich auf dem Weg zu Schonert die Mäntel über die Köpfe gezogen, wegen des Regens, der kräftiger wurde, der aber nichts daran ändern konnte, daß ihre Gedanken voller Hoffnung, beinahe heiter waren. Wie konnten sie heiter sein nach dem Abtransport ihrer Freunde und Eltern? Und doch waren sie es in diesem Moment. Sie waren nicht mit der Trauer, sondern mit Machuleit beschäftigt, und die Gedanken an ihn machten sie heiter.

»Ich weiß nicht mehr«, sagte Jurek, »wann Machuleit den ersten Menschen verschwinden ließ, ich glaube, es war 1930, er war erst siebzehn. Er bat jemanden aus dem Publikum auf die Bühne, im Kurgarten war es, gab ihm die Hand, und der Mann war weg, spurlos verschwunden. Und dann – saß er wieder auf seinem Platz. Wer hatte ihn durch die Luft segeln sehn? Wie hatte Machuleit das angestellt?«

Eduard dachte an eine Situation, die er nicht vergessen konnte. »Meine Großmutter«, sagte er, »liebte es, wenn ich am Sonntag einen Matrosenanzug trug. Ich haßte diese weibischen Anzüge, ich kam mir nicht vor wie ein Matrose, sondern wie ein Mädchen, besonders wegen der Leibchen, an denen die langen braunen Strümpfe befestigt wurden. Ich will den Matrosenanzug nicht, sagte ich, aber meine Großmutter bestand darauf. Wir waren auf dem Weg zur Familie Martens, die uns eingeladen hatte, und unterwegs trafen wir Machuleit. Und was wir mitten auf der Straße erlebten, hielten meine Großmutter und ich für ungeheuerlich. Machuleit gab meiner Großmutter die Hand, verbeugte sich, dann gab er mir die Hand, tätschelte mein Gesicht, klopfte mir auf die Schulter, zupfte hier, zupfte da, und plötzlich stand ich in Unterhosen da. Ob ihr es glaubt oder nicht, ich stand in Unterhosen da! Er, Machuleit, hatte meinen Matrosenanzug an, und ich trug sein Jackett und seine Hose. Ich habe nicht rausgekriegt, wie er das machte, mit Leibchen und langen Strümpfen, alles hatte er mir aus- und sich angezogen. Bis zu ihrem Tode hat meine Großmutter davon erzählt, und ich fragte ihn: Wie machst du das? Keine Antwort. Einen fremden Herrn an einer Bushaltestelle, den hat er auch ausgezogen. Warum den? Ich muß üben, sagte Machuleit, trainieren, da ziehe ich gelegentlich Leute aus, egal wo, auf der Straße, vorm Kino, vor dem Theater, und es gelingt mir immer besser, immer schneller. Unglaublich, sagte ich, und schon stand ein Herr ohne Hosen und nackt mitten auf dem Bahnhof. Stellt euch das vor: mitten auf dem Bahnhof! Machuleit hatte den Anzug nicht gewechselt wie bei mir, er hatte den Herrn nur ausgezogen. Die Sachen lagen vor seinen Füßen. Und der stand unter Schock stumm wie ein Denkmal. Vielleicht wollte der Herr seine Frau oder Freundin abholen, die muß Augen gemacht haben!«

»Ja«, sagte Jakob, »er hat vor allem das Verschwindenlassen gelernt, als es seiner Familie sehr schlecht ging, Ende der zwanziger Jahre. Die Not hat es ihm beigebracht. Zunächst hat er nur Lebensmittel verschwinden lassen, und dann wollte er mehr über das Verschwindenlassen lernen und ging zu einem berühmten Zauberer nach Berlin. Er konnte ihm alles aus dem Stegreif nachmachen. Und der Zauberer wollte es nicht glauben. Ich habe ein Leben lang dazu gebraucht, sagte er, und dieser Bengel schüttelt alle meine Geheimnisse aus dem Ärmel! Die größte Leistung war eine Kuh, die er von einer Wiese verschwinden ließ und die nach drei Wochen bei ihnen im Garten auftauchte. So hatten seine Familie und die Nachbarn jeden Morgen Milch.«

»Das höre ich zum ersten Mal«, sagte Jurek. »Das nenne ich stehlen und nicht zaubern.«

»Das stimmt, stehlen und zaubern liegen dicht beieinander, das sagt Machuleit auch. Er hat's den Reichen gestohlen und den Armen gegeben, das klingt wie ein Märchen.«

Die drei wußten, daß sie Machuleit verklärten, aber es tat ihrer Seele gut. Es machte sie heiter.

»Wie macht er das?« fragte Eduard.

»Ich zaubere nur mit den Händen, sagt Machuleit«, sagte Jakob. »Wie reagieren Hände auf das Zuschauen? Wie lenken sie ab, wie heucheln sie? Einmal sah er, so erzählte er uns, wie ein hoher Nazi versuchte, etwas vom Tisch zu fegen, was gar nicht auf dem Tisch war. Er fegte die Lügen vom Tisch, immer vom Körper weg. Das ist die Bewegung, die auch für mich gilt, immer vom Körper weg. Natürlich, vom Körper weg bedeutet, daß man die Hände erst mal am Körper haben muß, so gesehen, sind es zwei Bewegungen: vom Körper weg – zum Körper hin. Man achtet immer auf die großen Bewegungen, man achtet auf die Bewegung vom Körper weg, aber – das Geheimnis liegt ganz woanders. Und auf das Woanders kommt es an.«

Dann schwiegen sie. Sie hatten Machuleit zu einem

Genie des Verschwindenlassens gemacht. Aber er war ja auch ein Genie des Verschwindenlassens.

»Da«, sagte Schonert und zeigte auf den Tisch, wo sie auch früher schon ihre Skatspiele bestritten hatten. »Setzt euch. Zieht eure nassen Mäntel aus, legt sie auf die Bank neben den Ofen, er ist geheizt, dort werden sie am schnellsten trocken.« Er drehte, sie nicht mehr anblickend, mit seinen vom Rauchen gelblichen Fingern eine Zigarette.

Die drei legten die Mäntel auf die Bank neben den Ofen, setzten sich an den Tisch, Jurek holte die Karten aus seiner Jackettasche und begann zu mischen. Ihre Gesichter waren ernster als in früheren Zeiten, die Anzüge für die abgemagerten Körper zu weit, so viel, wie Schonert dicker geworden war, waren sie dünner geworden, so viel, wie Schonert sicherer geworden war, waren sie unsicherer geworden. Sie hatten den Wirt mindestens zwei Jahre nicht gesehen und waren überrascht, wie er auseinandergegangen war, unförmig, das Kinn war hinter einem Fettpolster verschwunden, das lappig und faltig über den Hemdkragen fiel. Selbst die Augen mußten dem Fett weichen, nur noch Schlitze, ein humpelnder, einbeiniger Falstaff, in dessen Gesicht nicht auszumachen war, ob er Freund oder Feind war.

Den Davidstern versuchten sie zunächst zu verdecken, indem sie die Karten höher hielten, aber das ließen sie wieder, wie sollte man spielen, etwa mit verschränkten Armen kurz unterm Kinn? Schonert wußte ja ohnehin, daß sie Juden waren. Aber nervös waren sie. Augenzucken, Griff zur Krawatte oder Fliege, Betrachten der Finger. Ch-ch, nervöses Räuspern, die Karten noch immer mischend und wieder mischend. Heute kein Gespräch über Nutten, über besondere Leistungen, keine Angebereien wie früher. Eduard, Jakob und Jurek bereiteten sich auf die Skatpartie vor, die sie nicht vorhatten zu spielen. Sie hatten vor, ihre Geschichten zu erzählen, die Schonert in Angst versetzen sollten und mußten. Selbst das Vorspiel, der Prolog gewissermaßen, gehörte dazu.

»Nein, keine Geschichten wie früher! Wir haben uns im Laufe des Lebens alle Lügen erzählt, und, wie gesagt, viel mehr als das, zählt man die absichtlichen Mißverständnisse dazu«, sagte Jurek in Richtung Schonert.

Eduard schob Jurek die Karten über den Tisch und sagte: »Nun mach schon, verteile!«

Und Jurek verteilte sie.

Die ersten Worte fielen, nachdem alle die Karten in den Händen hielten. Jurek fragte Eduard: »Was ist mit dir, ist dir nicht gut? Du spielst wie eine besengte Sau.«

»Spiele ich? Aber wir spielen doch noch gar nicht.«

»Mir genügt, wie du die Karten sortierst.«

»Genügt dir? Ich weiß nicht, wie eine besengte Sau die Karten sortiert, aber möglich ist es«, antwortete Eduard, auf Schonert blickend, ihn mit einem

Nicken auffordernd, Partei zu ergreifen, wenigstens Stellung zu beziehen.

»So wird es nichts«, sagte Jakob.

»Wieso wird es so nichts?« fragte Eduard.

»Weil es keinen Spaß macht, wenn einer mit seinen Gedanken abwesend ist.«

»Bin ich?«

»Bist du.«

»Ich dachte darüber nach, daß es früher besser war«, sagte Eduard, »da haben wir uns Lügen erzählt. Keiner gibt mehr an. Früher wurde angegeben, daß man vor Neid blaß wurde.«

Schonert blickte hinter seiner Zeitung vor, lächelte etwas gequält, nickte und verschwand wieder.

»Es gibt nichts mehr anzugeben«, sagte Jakob.

Eduard hatte sich mit dem Handrücken über das vom Regen noch nasse Gesicht gewischt. »Ich mache einen Vorschlag: Wir lassen heute den Skat sein«, sagte er. »Laßt uns über die Liebe reden. Jeder erzählt ein eigenes Liebeserlebnis, eines, das wir nicht kennen, vor allem aber ein sündiges Erlebnis, und es darf nicht gelogen werden.«

Jakob und Jurek nickten.

In diesem Augenblick betrat Machuleit mit Kuno die Kneipe. Er öffnete die Tür nur kurz, wegen der Verdunklungspflicht, eine Taschenlampe, ausgeschaltet, schob er in den Mantel. Er blickte sich kurz um – es war wohl alles, wie er erwartete –, öffnete den Mantel, der vom Regen durchgeweicht war – es regnete ja nicht, es goß –, und zog das nasse Futter aus den leeren Taschen. Nichts drin, schien er mit dieser Geste sagen zu wollen, sagte aber nichts. Er schob das Futter wieder hinein und holte nun Schnapsflaschen aus ihnen. Drei, vier, fünf, vier auf den Tisch, die fünfte Schonert vor die Nase. Dann wandte er sich mit Kuno um, der sich jetzt erst schüttelte, daß die Tropfen durch die Kneipe schwirrten, und verschwand.

Pause.

»So müßte man zaubern können«, sagte Eduard, und Schonert schmunzelte hinter der Theke. Eduard räusperte sich – ch-ch –, als wolle er gleich beginnen, und er begann ja auch. Er hatte einen abgetragenen gestreiften Anzug an. »Dieser Anzug hat mir«, so sagte er, »immer Glück gebracht. Wenn ich ihn anhatte, wußte ich, das wird ein guter Tag. Ohne ihn war ich verloren. Mit diesem Anzug habe ich mein Staatsexamen, meinen Doktor gemacht. Der wirkliche Sieger bei diesen Herausforderungen war mein Anzug. Auch vor wichtigen Operationen habe ich diesen Anzug getragen, ja, ihr könnt ruhig darüber lachen, aber sobald ich den anhatte, gelang mir fast alles. Nur einmal habe ich ihn nicht angehabt, nämlich als ich den SS-Offizier operierte, der verantwortlich für den Abtransport unserer Eltern ist und sicher auch für unseren sein wird. Bei dieser Operation ist mir ein Mißgeschick passiert. Sie ist, entgegen meiner Absicht, gelungen.«

Eduard lachte gedrosselt, und Jakob und Jurek lachten mit. Blicke zu Schonert, der so tat, als habe er nichts gehört. Eduards Hemdkragen ragte unordentlich und nicht sehr sauber über das Jackett. Daß der Kragen nicht sauber war, mußte ihn schmerzen, ihn, der auf Reinlichkeit so großen Wert legte. Aber wie sollte er im Versteck auf dem Dachboden seine Wäsche waschen? Seine Fliege aber, die war sauber und ordentlich unter den unsauberen Kragen gebunden, wie eine Eins, steif und gerade, die machte den Alltag zum Sonntag. Gegen die konnte sich kein unsauberer Kragen durchsetzen.

Eduard biß die Zähne aufeinander, man konnte es an den Muskeln sehen, die auf den Schläfen spielten. War er aufgeregt? »Ch-ch.« Er räusperte sich noch einmal, dann sagte er betont leise: »Die Wahrheit, und nichts als Wahrheit also. – In einer Ju-52. Rundflug über Berlin. Schon bei der Abfertigung sah ich die beiden Stewardessen. Sie gingen dicht an mir vorbei, und ich hätte wetten können, daß sie mich länger anblickten als die übrigen Gäste. Sie waren unglaublich schön, beide. Ihr wißt, bei schönen Frauen bin ich häufig etwas verklemmt. Es war irgendein Kongreß mit anschließendem Rundflug und Übernachtung in einem kleinen Hotel am Wannsee. Ich fand den Rundflug miserabel, die Sicht gleich null, wolkig und windig, wacklig und unangenehm, dafür die Stewardessen – wunderbar. Das Hotel werde ich nicht vergessen, aus Holz, Lärchenholz, außen und innen, geschmackvoll und sparsam eingerichtet, vornehmlich mit Antiquitäten. Und dann die Gerüche, richtige Düfte. Was waren das für Düfte? Das war wohl das Kaminholz. Was für ein Holz verbrannte da? Auch Lärche? Birke, sagte ein Ober. Birke? Also gut, ich hatte wegen der Düfte angenommen, es handle sich um Holz exotischer Bäume, das in dem gewaltigen Kamin brannte. Aber gut, Birke. Ich sah auf das flackernde Feuer, hätte stundenlang zusehen können. Es wehte mir heiß ins Gesicht, aber ich war, wie soll ich sagen, schwer zu beschreiben, so aufgeregt, neugierig und glücklich wie selten in meinem Leben. Ich ging in mein Zimmer und duschte mich. Warum duschte ich mich? Das Wasser, ich duschte kalt, floß über meinen Rükken, was soll ich sagen, Liebe macht heiß. Ich ging ins Restaurant, hoffte die beiden Stewardessen wiederzusehen, die ich dort vermutete, richtig vermutete. Sie sahen noch schöner aus, als ich sie in Erinnerung hatte. Sie winkten, und da ich stehenblieb, kam eine auf mich zu und bat mich, bei ihnen Platz zu nehmen. Ich nahm also Platz und fürchtete, ich könnte den guten Eindruck, den ich offensichtlich hinterlassen hatte, zerstören, ich bin kein besonders guter Unterhalter. Wir sprachen zunächst einmal gar nichts, wenn man nämlich gar nichts sagt, kann man nur wenig verkehrt machen, obwohl das nur begrenzt richtig ist. Ich blickte in die Speisekarte und überlegte, daß ich in jedem Fall das bestellen würde, was sie bestellten. Hoffentlich kein zu teures Gericht, soviel hatte ich nicht bei mir, nur für den Fall der Fälle hatte ich etwas, nun, dies hier ist der Fall der Fälle, dachte ich. Oder sollten noch wichtigere kommen? Während ich also in der Karte blätterte, dachte ich über eine Strategie nach, wie ich mich zu verhalten hätte, aber mir fiel nichts ein. Ich blickte die beiden an, die ich so noch nicht gesehen hatte, auf gleicher Höhe. Im Flugzeug, eingepfercht in den engen Sitz, mußte ich nach oben blicken. Sie hatten für mich etwas Unerreichbares, Entferntes gehabt. Hier aber waren wir gleichgestellt. Die Augen auf gleicher Höhe – im Gegenteil, ich blickte sogar etwas abwärts. Dieser Blickwinkel machte sie für mich noch verführerischer. Auch im Restaurant ein Kamin, die Flammen spiegelten sich in ihren Gesichtern. Im Feucht der Augen blitzten sie auf, verführerisch! Diese Augen und das sich spiegelnde Feuer darin brachten mich um den Verstand. Sie bestellten ein Fischgericht mit einem Namen, den ich noch nie gehört hatte, Loup de … de, von so einem Fisch, von dem ich wirklich noch nie gehört, geschweige denn gegessen hatte. Nachdem wir bestellt hatten, entstand eine Pause. Ihre Blicke, meine Blicke – die erotischste Pause, die ich je erlebt hatte. Haben wir Sie in der Maschine gut bedient? fragten sie mich. O ja, sie waren wunderbar! Sie haben mir, sagte ich zur Blonden, die Getränke gebracht, und Sie, sagte ich zur Dunklen, die Speisen. Ich wurde nie in meinem Leben freundlicher bedient. Nein, sagte die Dunkle, ich habe die Speisen gebracht. Wirklich? Sie lachten, und ich war so verwirrt, daß ich nicht wußte, wer hat was gebracht? Aber ich schwöre, sie hatten mich länger und aufmerksamer bedient als jeden anderen in der Maschine. Ich bestellte zwei oder drei Flaschen

Wein, vielleicht sogar vier. Wir stießen an. Sie kamen beide aus Prag, ihr Deutsch war sehr gut, besonders der Akzent gefiel mir, so ein Singsang, da war so eine Melodie, die habe ich nie vergessen. Irgendwann nach Mitternacht tuschelten beide miteinander, dann blickten sie mich an und sagten: Wollen wir uns duzen? Mit Vergnügen, antwortete ich. Wir stießen erneut an und gaben uns den Bruderschaftskuß – keinen Kuß, mehr eine Andeutung davon. Die eine blickte auf meinen Zimmerschlüssel, der auf dem Tisch lag, und sagte. Oh, siebzehn, du hast die Nummer siebzehn, siebzehn ist meine Glückszahl. Und ich fragte: Welche Nummer haben Sie, äh, habt ihr? Dreizehn. Sieh an, sagte ich, dreizehn ist meine Glückszahl. Die Dunkelhaarige griff nach meiner Hand und untersuchte sie. Hm, hm, hm, ich weiß deinen Beruf, sagte sie. Und? Geiger. Nein. Chirurg! Ja. Woher wissen Sie, äh, weißt du? Die Fingernägel, sagte sie und lachte, die haben dich verraten.

Was wir alles besprachen, entzieht sich meiner Erinnerung«, fuhr Eduard fort, »ich glaube aber, wir hatten ein sehr besonderes Gespräch. Ich bildete mir ein, ich hatte einen guten, wenn nicht sehr guten Eindruck hinterlassen und die beiden bei mir. Ich war in beide verliebt und dachte darüber nach, wie es weitergehen sollte. Ich verschloß meine Tür nicht und versuchte mir die Nacht ohne die beiden vorzustellen – vergeblich. Was tun? Ich ging vor die Nummer 13 und klopfte sehr leise. Nichts. Keine Reaktion. Die beiden schliefen wohl. Ich drückte vorsichtig die Klinke herunter. Nichts. Die Tür war verschlossen. Das war wohl das traurige Ende einer bis dahin gelungenen Begegnung. Ich war gerade eingeschlafen, da wurde ich geweckt. Von einer, von beiden? Ich weiß es nicht, wirklich nicht, die drei, vier Flaschen Wein, wahrscheinlich hatte nur ich getrunken, dann geschah, ähh – ich verzichte auf Einzelheiten. Kurz bevor es hell wurde, verließ sie mich, oder verließen sie mich. Es war gegen zehn Uhr morgens des nächsten Tages an der Rezeption, da legten sich Hände über meine Augen. Als ich mich umdrehte, lachten mich beide an und fragten: Welche? Welche? Ja, welche? Bei meiner Ehre, ich wußte es nicht, ich kam nicht drauf.«

Schonert hatte die Zeitung sinken lassen, er gab sich kaum noch Mühe, hinter ihr versteckt zu bleiben.

Sehr lange Pause.

Hatte Eduard seine Geschichte beendet? Jakob und Jurek blickten sich an. Aber Eduard war immer für Überraschungen gut, ein Meister der Pausen. Während er auf seine Schuhspitzen blickte – er hatte den Stuhl vom Tisch zurückgeschoben –, hingen Jurek, Jakob und der Wirt Schonert an seinen Lippen, die sich geschlossen hatten. Vielleicht kam doch noch was? Es mußte ja noch was kommen. Eduards Schlüsse waren nie aus einem Stück. Na, keine Fortsetzung? Statt Sünde ein optimistischer Schluß? Das war so nicht abgemacht! Sie blickten ihn an und warteten. Aber nichts. Noch nichts.

Hatte Eduard sich in den letzten Monaten verändert? Ja. Gewaltig. Abgemagert, mit Ringen unter den blauen Augen. Die Haare begannen weiß zu werden, obwohl er erst neunundzwanzig war. Das Gesicht nachdenklich, traurig, alt. Aber bei dieser Geschichte schien es sich zu verjüngen, verlor die Falten, wurde heiterer. Natürlich, überraschende Veränderungen gab's nicht für die drei, sie sahen sich ja jeden Tag. Aber sicher für Schonert, für den gab's Überraschungen, der hatte sie lange nicht gesehen, dem müßten die Veränderungen unangenehm auffallen. Der mußte sich schon fragen, was ist aus diesen hübschen Bengels geworden? Denn gut sahen sie aus. Aussätziges Judenpack, aufpassen! Und das tat er wohl, und das sollte er auch, der dicke Nazi, der sich nur noch wenig hinter der Zeitung versteckte. Aufpassen, mithören, beobachten. Als habe Schonert die Gedanken gehört, duckte er sich wieder hinter die Zeitung, um die Ohren in ihre Richtung zu drehen. Ein kleiner Dreh, und schon hatte Schonert sein gutes rechtes Ohr in der richtigen Position – rechts höre ich alles, hatte Schonert vor langer Zeit einmal erklärt –, und Eduard erinnerte sich plötzlich dieser Mitteilung, damals bedeutete sie nichts, heute vielleicht alles.

Glatt rasiert wie immer war er, darauf achtete Eduard, auf Reinlichkeit und auf eine gute Rasur, zum Glück hatte er sich das Rasierzeug in die Tasche geschoben, Rasieren konnte er sich ja auf dem Dachboden. Er hatte zwei Päckchen Klingen, mit denen er sparsam umgehen mußte, die sollten reichen, aber bis wann? Bis er abgeholt werden würde? Bis zu seiner Rettung? Unrasiert hat man ihn ganz selten gesehen, und wenn, mußte schon etwas Furchtbares geschehen sein. Wie sagte er schon als Siebzehnjähriger: Ich konzentriere mich beim Rasieren. Heißes Wasser, Seife, Rasur mit dem Strich, Rasur gegen den Strich, heißes Wasser, kaltes Wasser und Überprüfung aller rasierten Flächen, eventuell alles noch mal. Und dann natürlich seine schon erwähnte Fliege. Nie einen Schlips! Und seine Hände mit den zu kurz geschnittenen Fingernägeln. Die Stewardessen hatten leichtes Spiel: Geige oder Chirurg. Chirurgenhände. Eduards Lippen begannen sich zu bewegen, und richtig: Er begann. Langsam erst.

»Schon am nächsten Tag«, sagte er, »begannen sich die hübschen Gesichter in meiner Erinnerung zu verlieren. Hatte die eine Grübchen oder nicht, wie war die Farbe ihrer Augen? Ich kriegte nichts mehr zusammen, und je länger ich darüber nachdachte, desto mehr verloren sich die Bilder. Was war mir von ihnen geblieben? Die Melodie ihres tschechischen Deutsch. Die Zärtlichkeit der Melodie. Das, ja.«

Eduard blickte nicht mehr auf seine Schuhspitzen, er blickte nun auf seine Hände. Er hatte sie auf dem Tisch übereinandergelegt, spreizte die Finger weit auseinander, betrachtete den sauberen Schnitt der Fingernägel und warf einen kurzen Blick auf Schonert.

»Die beiden«, sagte Eduard, »waren mit hohen

Offizieren der SS liiert – oder sind es wahrscheinlich noch. Ich hatte den beiden Herren ihre Damen genommen, für eine Nacht wenigstens. Und so flüsterten sie mir zu, sie hätten sich bei mir besser aufgehoben gefühlt als bei ihren Liebhabern, die zwar große Nummern in Sachen Hitler und Partei seien, aber klein in Sachen Liebe.«

Ein Lächeln zog über Eduards Gesicht, wie eine heitere Wolke, kommend und gehend. »Prost!«

»Na denn prost!«

»Prost!«

Die Gläser berührten sich klirrend über der Tischmitte.

»Dann werde ich mal«, sagte Jurek, »ich bin doch dran, oder?«

»Du? Ich bin dran«, sagte Jakob, »wenn's so geht, im Uhrzeigersinn.« Er beschrieb mit dem Finger einen Kreis.

»Im Uhrzeigersinn? War das ausgemacht?« fragte Jurek.

»Eigentlich nicht.«

»Also bitte, wenn du willst«, sagte Jurek, »fang an.«

»Ich habt sicher von Thornton Wilder ›Die Brücke von San Luis Rey‹ gelesen«, begann Jakob seine sündige Geschichte. Er stand auf, ging einmal um den Tisch herum und setzte sich.

Jakob hatte sich kaum verändert. Er war der Längste, trug eine Brille, die er häufig putzte, so auch jetzt, er behauchte die Gläser von beiden Seiten, putzte sie mit einem Taschentuch, gründlich, hielt sie prüfend gegen's Licht, noch mal das Ganze von vorn, und begann: »In dieser Geschichte geht es um die Merkmale des geborenen Abenteurers, der die Fähigkeit hat, mit jedem oder mit jeder ins Gespräch zu kommen. Ihr beide, Eduard und Jurek, seid solche Abenteurer. Ich nicht. Ich bin es nur in meinen Träumen. Eigentlich bin ich der ausgesprochene Antityp des Abenteurers, der wirkliche Abenteurer kennt keinen Betrug. Ich aber, der Anti-Abenteurer, kenne nur den Betrug, und ich erzähle euch die Geschichte eines Betruges, von mir begangen, von dem niemand etwas weiß. Daß ich sie erzähle, euch erzähle, hat damit zu tun, daß mir das Leben egal geworden ist. Ich fühle mich heute und hier gänzlich fehl am Platze – eine Auffassung, die die Nazis mit mir offensichtlich teilen, aber aus anderen Gründen.

Seltsam, einen Betrug vergibt man nicht, ein Abenteuer sofort, auch wenn das Abenteuer viel rücksichtsloser, viel gemeiner im Rückblick ausgefallen sein mag. Mein Betrug, von dem ich berichten werde, wurde mir allerdings vergeben, doch nicht meiner Partnerin. Und er fällt eher kümmerlich aus. Ich habe mich aus dem Kreise meiner Ideen, meiner Geschichten, meiner Klienten nie hinausbegeben. Ich habe noch nie jemanden auf der Straße, im Zug oder bei anderen Gelegenheiten angesprochen, ich kann es nicht. Also, ich beginne.

Man hatte mich eingeladen zur Verlobung eines Mannes, eines Parteibonzen, den ich in einer für ihn unangenehmen Situation juristisch vertrat, eine ziemlich finstere Figur. In Wirklichkeit stumpfer, phantasieloser als bei seinen einträglichen schmutzigen Geschäften, denn schmutzig war das Geschäft, und bei diesen Geschäften war er keineswegs stumpf und phantasielos, auch nicht bei seiner Verteidigung. Und so gewannen wir unrechtmäßig. Meine Verteidigung war mir gegen meinen Wunsch gelungen, ähnlich wie deine Operation, Eduard, bei dem SS-Offizier. Dafür aber, daß die Partei ihm nicht zu Hilfe kommen, nicht einschreiten mußte, war mir der Mann von Herzen dankbar. Und das war auch der Grund, warum ich zur Verlobungsfeier eingeladen worden war. Eine trostlose Feier, bei der nur die Eltern des Bonzen und ich die Gäste waren. Die Eltern der Braut hatten wegen Krankheit abgesagt.«

Bei diesem Anfang hatte Jakob die Brille wieder aufgesetzt, nur auf die Nasenspitze, blickte über den Rand hinweg auf Eduard, Jurek und auch auf Schonert.

»Für Momente«, sagte Jakob, »kam mir ein unglaublicher Gedanke, einer, von dem ich gedacht hatte, er käme anderen, aber niemals mir: Ich dachte an Gift. Sollte ich diesen Schurken aus der Welt schaffen? Der Geschäftsmann und Parteigenosse stand gerade vor dem Fenster. Und ich dachte: Etwas Ricin oder Blausäure, hinein in den Wein, so sollte ich es machen, während er aus dem Fenster blickt, und die Welt hätte einen Schurken weniger. Es waren gemeine Gedanken, die in einer kurzen Pause kamen und gingen, und ich schämte mich ihrer nicht. Dieser

Bonze war ein Spieler, ein Schlitzohr, unberechenbar auch, was die Judenfrage anging. Einerseits stimmte er dem Judenhaß der Nazis begeistert zu, andererseits forderte er für sich Ausnahmen. Ich war immerhin sein Anwalt. Und auch seine Braut war Jüdin. Gegen 22 Uhr verabschiedeten sich die Eltern, sie seien müde, und der Parteibonze sagte: Sollen die Alten doch abhauen, ich kann sie ohnehin nicht ausstehen! Und wir nehmen noch einen zur Brust, einverstanden? Einverstanden. Also blieb ich. Und wir nahmen einen zur Brust! Der Bräutigam soff, bis er im Sessel schnarchte. Und die Braut bat mich, die Schnapsleiche ins Schlafzimmer zu hieven.«

Die letzten Sätze hatte Jakob so leise gesprochen, daß sie kaum zu verstehen waren. Jakob tat es, um Schonerts Reaktion zu prüfen. Er schob seine Brille von der Nasenspitze vor die Augen, kurzer Blick zu Schonert. Der drehte seinen Kopf unmerklich in Jakobs Richtung. Notierte er, was er hörte?

»Und dann fragte die Braut«, fuhr Jakob fort, »haben Sie etwas dagegen, meinen Mann würdig zu vertreten, heute ist meine Verlobungsnacht? – Ich weiß nicht, ob ich ihn würdig vertreten habe, aber ich habe ihn vertreten.«

Jakob machte eine lange Pause.

»Ich sagte vorher: Es handelt sich um eine kümmerliche Geschichte – außer daß die Braut nicht seine Braut, sondern meine Braut war, Henriette, ihr kennt sie. Sie willigte ein, sich mit diesem Geschäftsmann, der seit langem um sie warb, zu verloben, um für uns an Pässe zu kommen, damit wir gemeinsam fliehen konnten, denn dieser Herr war ein bedeutender Fälscher. Tatsächlich hatte ihm ein kleines Schlafmittel, das ich ihm in den Wein tat, zu einer traumlosen, durchschlafenen Verlobungsnacht verholfen. Und wir sind an die Pässe gekommen, während der Herr schnarchte. Am frühen Morgen reiste Henriette ab. Nach zwei Tagen wollte ich ihr folgen. Wir hatten unsere Gründe, getrennt über die Grenze zu gehen.

Jedenfalls wurde sie an der schweizerischen Grenze verhaftet und blieb seitdem verschwunden.«

Nach langer Pause sagte er: »Das war's.« Er rieb sich mit Daumen und Zeigefinger unter den Brillengläsern die Augen. »Ich möchte nicht mehr. Ich kann nicht mehr.« Die Stimme versagte ihm.

Jurek blickte auf die Uhr über der Theke. Noch eine Stunde für seine Geschichte. Er begann leise, sich über die Haare streichend, auf den Tisch blikkend, als käme von dort Hilfe. Er war blaß. Für Augenblicke schloß er die Augen und sagte: »Ich würde gern über die Zehn Gebote sprechen, Punkt für Punkt. Von der Schändung, die diesem Grundgesetz des Menschenanstandes heute von Hitler und seinen Leuten zugefügt wird. Besonders nach dem Hören deiner Geschichte, Jakob, dem Verschwinden von Henriette. Aber ich habe mich entschlossen, nicht darüber zu sprechen. Statt dessen möchte ich euch danken für eure Geschichten«, sagte Jurek,

»sie sind für mich überraschend, wie wohl für uns alle.«

Blick zu Schonert.

»Da sind wir nun miteinander, ob wir wollen oder nicht, verbunden, haben unsere Skatabende durch alle schweren Zeiten gerettet und wissen nicht das wirklich Wichtige voneinander. Wenn wir heute von dir erfahren, daß du eine Affäre mit den Geliebten hoher Nazis hattest, den Maitressen der Männer, die nach unserem Leben trachten – und du, lieber Jakob, deine Henriette mit einem Parteibonzen verlobtest, um an Pässe zu kommen, dann hoffe ich, daß diese Verbrecher wenigstens erfahren haben, daß du, lieber Eduard, ein vorzüglicher Liebhaber warst. Und du, Jakob, ich weiß, wie dir zumute ist, ich weiß. Eure Geschichten schaffen in mir ein merkwürdiges Zugleich von Distanz und Nähe. Da glaubt man alles voneinander zu wissen und muß feststellen, daß dies nicht der Fall ist. Doch freut man sich zu hören, daß wir, in unserer nicht gerade angenehmen Situation, auch in der Lage sind, Siege zu verbuchen. Danke, Eduard.

Ich beginne etwas altmodisch: Der Nebel stand über den Feldern. Nebel ist für mich der Inbegriff der Poesie, die Konturen sind nicht so scharf, man muß erfinden, mitsuchen, man blickt in kein grelles Tageslicht. Wir holen unsere Sünden aus dem Nebel, wo wir sie geflissentlich versteckt gehalten hatten.«

Schonert kicherte hinter der Zeitung, ein lautloses Kichern. Man sah das Vibrieren der Zeitungsseiten.

»Ich war mit meinem Opel, ihr kennt ihn ja, auf den ich sehr stolz war – mit zwanzig schon ein eigenes Auto, na ja, eigentlich gehörte er meinem Vater, der gute P 4, dem ich mit einem Lederriemen die Kühlerhaube zubinden mußte, weil sie nach einem Unfall immer aufflog –, nach Berlin unterwegs. Wir überholten einander, nicht wahr, immer wieder, erst er vorbei, dann ich, dann wieder er. Mein Opel mochte nach diesem Unfall keine Berge, aber dann, bergab, überholte ich wieder und sah, der andere war kein Er, sondern eine Sie. Eine blonde Schönheit in einem neuen BMW. Sie spielte mit mir Hase und Igel. Manchmal lächelte sie mich beim Überholen an, manchmal würdigte sie mich keines Blickes. Und wenn ich sie bergab überholte, lächelte sie, und wie sie lächelte, provozierend, aufmunternd! Nun mach schon! Bergab kannst du doch! So ging das etliche Stunden. Mein Opel knatterte aus allen Rohren, als sei Überholen auch bergab das Anstrengendste der Welt. Dann, irgendwo kurz vor Berlin, steuerte sie einen Parkplatz an, einen Waldweg mit zwei Bänken, ich parkte ebenfalls. Sie stieg aus, schlenderte um ihren BMW. Ich stieg aus, schlenderte um meinen Opel, der aus der Kühlerhaube dampfte, als sei er nicht mehr bei Troste. Die zwei Bänke vielleicht zwanzig Meter auseinander. Sie setzte sich auf die eine, ich auf die andere. Mal schlug sie ein Bein über, mal ich, wir taten so, als hätten wir nicht stundenlang Hase und Igel gespielt. Worauf warteten wir? Auf ein Wunder. Und das sah so aus: Sie stand auf.

Ich stand auf. Sie ging in den Wald. Ich folgte. Mechanisch, ohne eigenen Willen, als ginge es um die Ausführung eines Befehls. Sie ging vor mir her, wie lange wir gingen, keine Ahnung, zehn Minuten, zwanzig, oder vielleicht nur zwei, die Zeit war aus meinem Bewußtsein, ich fühlte mein Herz schlagen. Sie war stehengeblieben. Ich sah ihren schönen Hals. Ich war nicht fähig, etwas zu sagen, und war ihr dankbar, daß sie nichts fragte. Ja, und irgendwann sanken wir ins Gras und vergaßen alles, was nicht mit Liebe zu tun hatte. Wären wir von Menschen umringt gewesen, ich hätte es nicht bemerkt. Aber wir waren wohl weit genug von unseren Autos entfernt und vor Spähern sicher. Als wir den Wald verließen, war es bereits dunkel, und kein einziges Wort war gefallen. Sie blieb vor ihrem BMW stehen, blickte mich an, ich blickte sie an, und als ich versehentlich die Lippen öffnete, legte sie ihren Zeigefinger auf meinen Mund. Und dann – stieg sie ein und fuhr davon.

Unser Erlebnis«, sagte Jurek, »konnte nur stumm funktionieren, ohne Worte, ohne Absprachen. Die Größe unseres Zusammenseins lag in der Wortlosigkeit. Dennoch versuchte ich, als sie davonfuhr, sie einzuholen. Aber mein Opel streikte, er machte paar Bocksprünge, dann wollte er nicht mehr.«

Schonert hatte sich überraschend laut von seinem Stuhl erhoben und blickte Richtung Tür.

Im gleichen Augenblick hörte man Reifen quietschen, und es kam den dreien so vor, als wäre dieses

Quietschen die Geräuschkulisse für Jureks Opel-Geschichte.

Aber nein, es wurde an der Tür gerüttelt. »Abgeschlossen!«

»Moment, Moment!« rief Schonert. Er nahm den Schlüssel, der auf der Theke lag, ergriff die Krücken und humpelte so schnell und behende, wie man es diesem dicken einbeinigen Mann nicht zugetraut hätte, zur Tür. Die drei hielten die Karten in die Höhe, mit den Armen die gelben Sterne auf ihren Jacketts verdeckend.

»Verdunklungspflicht! Licht aus!« Dann erst schloß Schonert die Tür auf.

Der Hereingekommene, ein SS-Mann, leuchtete mit einer Taschenlampe den dreien ins Gesicht, dann Schonert, der, nachdem er das Verdunklungsrollo sorgfältig geprüft hatte, das Licht wieder anmachte. Die elegante Uniform des SS-Mannes war naß vom Regen, nur wenig allerdings, da er im Auto gesessen hatte. »Ein Bier!« rief er. »Heute nacht gibt's zu tun, und ich habe einen Riesendurst«, und steckte die Taschenlampe in die Tasche.

»Na«, sagte der Uniformierte zu den dreien, die im Dämmerlicht kaum zu erkennen waren, »die Herren in Zivil«, sagte er berlinerisch. »Ich sehe doch richtig, wohl auf Urlaub, weg aus dem Krieg und von den Weibern, wa? Dann wünsche ich den Herren einen schönen Abend!« – während er das Bier auf einen Hieb runterkippte. Schonert schob ihm ein zweites Glas hin, das er ebenfalls trank, zwar halb nur, dann warf er das Geld auf die Theke, drehte sich um und ging zur Tür, öffnete sie nur einen Spalt wegen der Verdunklungspflicht, hob den Arm lässig zu einem Hitlergruß, und schon war die Tür wieder zu. Reifenquietschen. Weg war er.

Und nun dachten die drei: Was tun? War dies der SS-Offizier, von dem Machuleit gesprochen hatte, oder war es vielleicht …? Würden sie gleich von einer Mannschaft abgeholt werden, Versteck gefunden, in Schonerts Kneipe? Holt die drei Juden ab, schafft sie gefälligst ins KZ!?

»Weitererzählen!« flüsterte Jakob.

Und Eduard nickte. »Weitererzählen.«

Und Jurek erzählte weiter, während man von Schonert, der noch einmal die Verdunklungsrollos prüfte, nur den Rücken sah. »Ja, alles in Ordnung.« Dann setzte er sich wieder, stöhnte, griff zur Zeitung und verschwand hinter ihr wie zuvor.

»Heute denke ich«, sagte Jurek, »die blonde Schönheit war auf meinen Opel hereingefallen, der nach dem Unfall nicht mehr so konnte, wie er …, wie er wollte.« Jurek hatte Schwierigkeiten, sich zu konzentrieren. Noch war der Auftritt des SS-Mannes zu gegenwärtig.

Doch Eduard ließ ihm keine Zeit. »Weiter!« sagte er. »Wir sind gespannt.«

Auch Jakob drängte. »Weitererzählen! Wir wissen doch, du bist der Beste im Erzählen. Deine Erlebnisse waren immer schon für eine große Öffentlichkeit und immer wortreich. Um so schöner deine wortlose Geschichte mit der blonden, reinrassigen Schönheit, denn reinrassig war sie ja wohl. Und wir warten auf die Sünde.«

Jurek blickte auf seinen verkürzten Zeigefinger. Es war zwanzig Jahre her, daß er beim Tischler Helwig über die Hobelbank fuhr und nicht bemerkte, daß die Messer sich noch drehten. Wie stolz war er gewesen, als er mit einem dicken Verband um den Zeigefinger in die Schule kam und beneidet wurde. Vielleicht ist es dieser Moment gewesen, in dem Eduard beschlossen hatte, Chirurg zu werden. Er hatte den Verband abgenommmen, den Finger betrachtet und gesagt: Der ist für nichts mehr gut, der muß weg! Und Jurek erwiderte: Willst wohl Chirurg werden? Unbedingt, sagte Eduard, und Jurek lachte. Er war ein leiser Klassenbester. Er glänzte nicht wie Jakob oder Eduard, Eduard in Geschichte und Deutsch, Jakob in Sprachen und Mathematik. Jurek hatte in allen Fächern Einsen, aber, wie gesagt, er vertrat sein Wissen leise, sehr organisiert und immer beeindruckend. Geschichten, Situationen, komische Einfälle, die behielt er. Er war von den dreien vielleicht der originellste, der einfallsreichste. Und er behielt seinen Zeigefinger, den er bei seinen Erzählungen gern drohend erhob.

»Natürlich«, fuhr er fort, »hatte ich mir die Autonummer gemerkt und ihre Adresse ausfindig gemacht. Ich besuchte sie. Sie hieß Karin und war keineswegs so stumm und schweigsam wie bei dieser ersten Begegnung, im Gegenteil. Sie redete gern und berichtete von ihren zwei Scheidungen. Zunächst war sie damals neunundzwanzig und für mich, der ich zweiundzwanzig war, war sie jenes verlockend-unbekannte Wesen aus den eroto-heroischen Phantasien vieler junger Männer, auch meinen. Eine ältere, erfahrene Frau. Immer schon war es mein Wunsch gewesen, ein Verhältnis mit einer älteren, verheirateten Frau zu haben. Nun hatte ich es. Sogar mit einer zweimal verheirateten Frau. Sie brachte mir die Liebe bei. Nach einem dieser Liebeserlebnisse erzählte sie mir von ihren verflossenen Ehemännern. Sie erzählte lustig, obwohl die Geschichten alles andere als lustig waren. Vielleicht sollte ich das hier …«

Blicke auf die Uhr, wie lange noch? Wann kommt Machuleit? Jurek muß seine Geschichte strecken, verlängern, eine halbe Stunde noch. Oder länger?

»Ja … Der erste war ein Schwergewichtler im Ringen aus Polen«, fuhr er fort, »der eine Kneipe in der Lietzenburger besaß. Er hieß Rocek. Die Nazis mochten ihn nicht, weil er sich nie wehrte, ein Mann mit Herz. Obwohl er sie alle hätte verprügeln können, er war mal Europameister gewesen. Sie mochten ihn nicht, weil er, wie gesagt, sich nicht wehrte und er ein Polacke war. Sie hatten seine Kneipe zweimal zertrümmert. Sie arbeitete bei ihm als Kellnerin, und sie beschimpfte ihn und forderte ihn auf, die Nazis zu verprügeln, aber so, daß sie ihr Leben daran denken würden. Ein Mann, der so stark sei wie er, müsse sich doch nichts gefallen lassen. Sie war von seiner Kraft und Stärke hin- und hergerissen, aber vor allem mochte sie nicht, daß ein Nazi ihr befehlen wollte, sich nicht mit einem polnischen Feigling, einem Polacken, einzulassen. Ein reinrassiges deutsches Mädchen. Sie solle sich an ihn halten, er sei ein reinrassiger Deutscher, und sie blond und blaue Augen, das gäbe Kinder, die unser Führer sich wünscht. Diesen Nazi haßte sie, ein stinkender Goldfasan, der wohl dachte, die deutschen Mädchen müßten wild nach ihm sein. Sie heiratete Rocek, weil sie glaubte, ihn vor diesem Nazi im besonderen und den Nazis im allgemeinen schützen zu müssen. Und Rocek war ein rührender, aufrichtiger Mann. Die Hochzeitsfeier fand in seiner Kneipe statt. Freunde kamen angereist, auch aus Warschau, darunter ein Pianist. Unter den Hochzeitsgästen waren irgendwelche Spitzel, von besagtem Nazi eingeschleust. Ich persönlich habe sie rausgeschmissen, sagte sie, und wie ich dieses Pack rausgeschmissen habe! Und erst als sie raus waren, begann die schönste Feier meines Lebens, sagte sie. Rocek und seine Freunde hätten zwar mächtig getrunken, aber sie blieben immer liebenswürdig, immer galant. Und dann habe Rocek ein Klavier durch die Kneipe getragen, an zwei Tragegurten hielt er es hoch, und sie gebeten, sich draufzusetzen, was sie tat. Er wolle sie nicht nur auf Händen, sondern auf Klavierhänden tragen, so stark war er. Er habe das Klavier wie eine Liebesgondel hin und her geschaukelt, und der Pianist habe auf dem schaukelnden Klavier den Hochzeitsmarsch gespielt, von Mendelssohn. Dann habe er es abgestellt, die Tragegurte vom

Klavier gelöst und sie dabei immer angeblickt. Sie vom Klavier gehoben, sie immer noch angeblickt, die Tragegurte von der Schulter fallen lassen und wie ein kleines Kind geweint.

Zwei Tage später kam sie in die Kneipe, sie hatte sich verspätet, hatte noch Besorgungen zu machen. Rocek saß auf einem Stuhl in der Küche. Sie begrüßte ihn durch die offene Tür und machte sich an der Theke zu schaffen, reinigte die Biergläser und wunderte sich, warum Rocek dies noch nicht gemacht hatte, der es doch sonst immer machte. Als sie fertig war, sei sie in die Küche gegangen, habe ihren Gorilla, wie sie Rocek nannte, in die Arme genommen, er sei ihr aus den Armen gerutscht, zu Boden gesunken. Erst jetzt bemerkte sie das Blut auf dem Fußboden, und als sie weitersprach, weinte sie. Erschossen haben sie ihn, hinterrücks erschossen, sagte sie, und ich war nicht da, ich war nicht da, ihn zu beschützen. Nach einer langen Pause sagte sie, die Tränen trocknend: Hat dieser Goldfasan wirklich geglaubt, ich würde nun, da er meinen Mann ermordet hatte, an seine Brust sinken, um Kinder zu zeugen, die dem Führer gefallen würden?«

Kurzer Blick der drei auf Schonert. Für kurze Zeit schob sich sein Gesicht ins Licht, um eine Zigarette auszudrücken, die drehende Bewegung seiner gelblichen dicken Finger im Aschenbecher.

»Dem zweiten Ehemann habe sie das Leben gerettet. Er war ein Tenor von der Staatsoper mit einem wundervollen römischen Profil. Das Profil habe ihr so gefallen, daß sie ihn heiratete, als er sie fragte, ob sie seine Frau werden wolle. Seine Stimme war nicht sehr groß, aber in der Höhe wunderbar, sagte sie. Er war Halbjude, ein vorsichtiger, aber humorvoller Mann, der wußte, daß seine Zeit in Nazideutschland abgelaufen war. Sein Profil und sein Humor waren es, aber mehr noch die Tatsache, daß er Hilfe brauchte, das seien die Gründe gewesen, warum sie ihn heiratete. Der Goldfasan glaubte sich wieder in mein Leben einmischen zu müssen, sagte sie. Er versuchte ein möglichst menschliches Gesicht zu machen, als er vor meiner Tür auftauchte, und sagte: Was willst du mit einem mittelmäßigen Sänger, der auch noch Halbjude ist? – Raus! Raus mit Ihnen, Sie Mörder! rief ich. Ja, das muß ich wohl gerufen haben, denn er floh wie ein Kaninchen im Zickzack die Treppen hinunter. So erzählte sie. Sie hätten beide gewußt, was geschehen würde, wenn sie ihn nicht geheiratet hätte. Er war ein großartiger Tenor, sagte sie, und nicht mittelmäßig, wie ihn dieser Goldfasan beschimpfte, dem ich den Mord an Rocek nicht nachweisen konnte, aber daß er es war, daran bestand für mich kein Zweifel.

Ihre Geschichten hatten alle Pointen, und dann war da etwas in ihrem Blick, das ihren Geschichten entgegenstand, ganz kindlich, beinah scheu, ängstlich, daß ich befürchtete, ihre Geschichten seien womöglich nur erdichtet, daß die erfahrene Neunundzwanzigjährige doch nur eine Erfindung von ihr sei. Sie haben geheiratet und eine Hochzeitsreise unternommen, von der Jörg Levi, der Tenor, nicht mehr zurückkehrte. Er ist heute in Amerika, in Chicago, an der Oper.

Ja«, sagte Jurek, das Ja in die Länge ziehend, »einmal verkündete sie, daß sie schwanger von mir sei. Von mir, fragte ich, bist du sicher? Ja, bin ich. Kann das nicht ein Irrtum sein? Nein. – Karin ist Lehrerin geworden, sie lebt jetzt in New York«, fuhr Jurek fort, »und ich hielt ihr bewegtes Leben für ein Zeichen ihrer energischen, tapferen kleinen Seele. Manchmal verglich ich ihr Leben mit meinem. War in meinem seit jeher Zielstrebigkeit, so war in ihrem Ziellosigkeit. Das Resultat der Ziellosigkeit waren Erlebnisse wie Sand am Meer. In meinem war keine Zeit für Erlebnisse geblieben. Aber was ist ein Leben ohne Erlebnisse wert? Ohne Erlebnisse ist die Vergangenheit ein graues Häufchen Zeit. Erlebnisse sind Markierungen in der Vergangenheit. Karin hatte scheinbar für uns gemeinsam gelebt und erlebt, während ich mit meiner Karriere beschäftigt war. Und wofür? Was hat mir die Karriere gebracht, was? Damit ich wie meine Eltern im KZ umkomme? – Einmal noch«, sagte Jurek, »besuchte ich sie in Berlin, lange Zeit her. Sie saß schon auf gepackten Koffern. Und ich sah zum ersten Mal meine Tochter. Obwohl sie erst fünf war, glaubte ich meine Mutter zu sehen, ihre Hände, ihre Bewegungen. Nein, Deutschland war nichts mehr für die reinrassige Karin, Deutschland ist für mich keine Heimat mehr. Hier habe ich keine Zukunft.«

Jurek war aufgestanden und ging vor dem verdunkelten Fenster einige Male auf und ab. Woran dachte er? An seine Tochter? An Karin? Oder an Machuleit, der noch immer nicht da war, schon 23 Uhr, wo blieb er? War etwas Unvorhergesehenes geschehen? Nochmals verstohlene Blicke zur Uhr über der Theke, Blicke zu Schonert, der die Zeitung weggelegt hatte und nun Eintragungen in ein dickes Buch machte. Schrieb er die Geschichten auf? Was konnte Jurek noch alles erzählen, was, ja was?

Es klopfte an die Tür.

»Moment, Moment!« krächzte Schonert. Er schob das dicke Buch zur Seite, ergriff die Krücken, »Licht aus, sonst holt mich der Teufel!«, humpelte zur Tür, schloß auf, und Machuleit und Kuno kamen herein.

Beide trieften vor Nässe, und Kuno schüttelte sich wieder dermaßen kräftig, daß das Wasser in kleinen Tröpfchen durch die Kneipe schwirrte, Schonert und den dreien ins Gesicht – »Pfui Teufel, Kuno!« –, dennoch eine Belohnung für ihn, die er sich mit Sicherheit verdient hatte.

Das Klavier stand in der hintersten Ecke der Kneipe. Machuleit hob den Klavierdeckel, verteilte auf den Bässen und Höhen Wurststücke, die er aus seiner Manteltasche nahm und die Kuno, der Jagdhund, seine Hoden wie zwei schwarze Walnüsse zwischen den Hinterläufen reibend, herunterholte, äußerst sensibel, denn er legte seine Pfoten nur zögerlich auf die Tasten, das ergab eine Katzen- beziehungsweise Hundemusik. Und Machuleit schmunzelte, eine

Geste der Entschuldigung mit den Armen ausführend. Jurek, Jakob und Eduard schmunzelten zurück, wenn auch vorsichtig.

Kuno hatte seine Ohren in die bravste Stellung ganz nach hinten gelegt und wedelte mit dem Schwanz. Nur Schonert blickte finster drein. Er ahnte wohl, daß er in diesem Zauberakt unbeabsichtigt eine Rolle übernommen hatte. Machuleit entkorkte eine Flasche, und dann stieß er erst mit Schonert und anschließend mit Eduard, Jurek und Jakob an. Und nun – nun wurde gezecht! Sie tranken wie preußische Soldaten, ernst und unversöhnlich, jedenfalls taten sie so, und spuckten, von Schonert unbemerkt, den Schnaps in die Töpfe der Zimmerpflanzen.

Gegen ein Uhr sagte Machuleit, man solle jetzt doch das Kettenkarussell, das er vor ein paar Tagen aufgebaut habe, begutachten. Der Weg sei ja nicht weit, fünfzehn Gehminuten, höchstens, von Schonerts Kneipe entfernt, auf Machuleits Grundstück, da stünde es, neu gestrichen, mit unzähligen Glühlampen versehen, die allerdings wegen der Verdunklungspflicht ausgeschaltet bleiben müßten. Sie verabschiedeten sich ohne Handschlag von Schonert, nickten so freundlich und betrunken wie möglich, Schonert nickte finster zurück, die drei fühlen lassend, daß sie ihn mit ihren Geschichten in einen Gewissenskonflikt allergrößten Ausmaßes gebracht hatten. Auf Machuleits Grundstück also, da müsse er den vieren hinterher, mag Schonert gedacht haben. In seinem DKW würde er ihnen folgen, um zu sehen, was es da zu sehen gäbe. Er wußte ja, daß Ernst Machuleit die drei haßte. Das hatte er ihm vor ein paar Tagen persönlich mitgeteilt, und das wußte er auch schon vorher, sie hatten ja früher oft genug bei ihm Doppelkopf gespielt. Machuleit hatte ihn gebeten, die drei bei sich Skat spielen zu lassen, und Schonert, der zunächst ablehnte, dann widerstrebend einwilligte, hatte, die Stirn runzelnd, gesagt: Das könne er nur, wenn Machuleit mit den dreien etwas im Sinne der Partei vorhabe, ansonsten würde er die Verantwortung nicht übernehmen. Versteht sich von selbst, hatte Machuleit geantwortet, und Schonert hatte dann von sich aus seine Kneipe an diesem Abend für die Öffentlichkeit geschlossen. Man weiß ja nie, sicher handelte Machuleit im Auftrag der Partei, vielleicht hatte ihm sogar die SS einen Befehl erteilt.

Gedanken, die Schonert durch den Kopf gegangen sein mögen. Und genau das hatte ihm Machuleit zu verstehen gegeben: Über diese Aktion sei Stillschweigen vereinbart, danach allerdings sei es seine Pflicht ... Aber das wisse er selbst, was seine Pflicht sei. Ja, das wisse er, hatte Schonert geantwortet. In dem Augenblick war ein SS-Mann erschienen, hatte Schonert knapp begrüßt und Machuleit beinahe herzlich die Hand geschüttelt, gefragt, wie die Dinge stünden, und Machuleit hatte nur genickt. Spätestens da war Schonert klargeworden, daß Machuleit in höherem Auftrag handelte, und das hatte Schonert längst kapiert: Sich da einmischen zu wollen konnte tödlich sein. Daß es sich bei dem SS-Mann um Hans

Scheibner, vormals Requisiteur bei der Ufa, handelte, konnte Schonert freilich nicht wissen.

Die drei hatten ihre immer noch nassen Mäntel angezogen und folgten Machuleit durch den Regen, Kuno lief mal vor, mal hinter den vieren bellend herum, als wolle er eine Herde Schafe zusammenhalten. Es war kalt. Sie froren gewaltig, die Nerven hatten alle Kraft aus ihren Körpern gesogen. Sie zitterten.

Und als sie vor dem Kettenkarussell standen, sagte Jakob: »Wenn ich mitfliege, mein Gott, mein Magen, hm ..., was wird der dazu sagen.«

Machuleit bediente einen Hebel am Boden des Gerätes, die Sessel begannen sich in die Lüfte zu erheben und surrten lautlos durch den Regen. Die drei sahen zu, wie die Sessel über ihre Köpfe hinwegflogen. Dann blickten sie auf Machuleit, so wie sie ihn nie gesehen hatten: ein gleichmäßiges, schönes Gesicht mit in die Stirn hineingewachsenem Kraushaar, großen, eindringlich träumerisch blickenden dunklen Augen, einer geraden Nase, von der Arbeit des Zauberns verschatteten Wangen, einem feingezeichneten Mund, in dessen linkem Winkel ein trauriges Lächeln spielte. So blickte er die drei an, als wünsche er ihnen auf dem Weg seiner Inszenierung alles Gute, während seine Mutter mit einer Thermosflasche und drei Tassen aus der Tür trat und Tee eingoß. »Trinkt«, sagte sie. »Der Tee ist heiß. Wird euch im Regen und in der Kälte guttun.« Und das tat er. Sie tranken genüßlich.

Machuleit blickte die drei an und sagte, in Abwandlung eines großen Ausspruches von Goethe: »Man weicht der Welt nicht sicherer aus als durch Zauber, und man verknüpft sich nicht sicherer mit ihr als durch Zauber.«

Und so war es.

»Safety first!« rief Machuleit und verschloß die letzte Sicherheitskette. »Ich mache die Runde mit euch!« Er setzte sich hinter die drei, verschloß die Kette an seinem Sitz, erreichte mit dem einen Fuß den Hebel, mit dem anderen stieß er sich vom Boden ab, und los ging's.

Machuleit! Machuleit! Wie kommst du an den Hebel wieder ran, wie kannst du das verdammte Ding wieder auskriegen, dachten die drei, du fliegst doch mit uns, und der verdammte Hebel, um das Ding wieder abzustellen, ist unten am Boden, fliegend nicht erreichbar, wie kommst du an den ran? Sollte unsere Rettung an diesem Irrtum scheitern?

Schonert erkannten sie, im Fluge, hinter einem Baum versteckt. Was mag der gedacht haben? Ob das ihre letzte Fahrt sei, besoffen, wie sie waren? Und wie würde Machuleit das Ding wieder ausstellen? Dachte er das?

Später wurde behauptet, man habe Hilferufe gehört, habe sie nicht ernst genommen, weil es häufig bei Machuleit vorkam, daß die Leute vor Vergnügen quietschten, brüllten. Aber die drei konnten gar nicht brüllen, kein Stück. Regen und Gegenwind stopften ihnen die Münder.

Erst nach zwei Tagen entdeckte man sie. Schonert hatte seine Pflicht getan, er hatte die Gestapo benachrichtigt. Die Geschichten der drei hatten ihn, den Parteigenossen, persönlich beleidigt. Sie seien volksschädigend und parteibeleidigend. Er habe sie in diesem Buch aufnotiert, welches er hiermit übergebe, man könne ja alles nachprüfen. Und man prüfte nach. Und das dauerte.

Das Karussell drehte sich, wie gesagt, nach zwei Tagen noch. Niemand wollte überhaupt gesehen haben, daß auf Machuleits Grundstück ein Kettenkarussell stand. Das Gehöft war zu abgelegen. Außerdem regnete es so stark, daß die Wege aufgeweicht waren und man mit dem Auto nicht mehr durchkam. So die Antworten der Beamten, die die vier aus den Sitzen des Kettenkarussells hoben. Man erzählte, daß aus dem Mund des einen Blut gesprudelt sei.

»Ja, das sind sie«, bestätigte Schonert, mit Blick auf die Leichen. »Das ist ..., das ist Eduard Howald, ja, das ist Jurek Magath, ja, das ist Jakob Löwenstein. Nur ..., nur der vierte«, Schonert schüttelte den Kopf, »der sieht mir nicht nach Machuleit aus. Alle ... tot, aber wer ist der vierte? Wo ist Ernst Machuleit? Von ihm keine Spur. Hat er sich verschwinden lassen? Bestimmt, das hat er. Er läßt alles und jedes verschwinden. Der wird schon wieder auftauchen.«

Die Beamten suchten den See ab, von Machuleit keine Spur.

Hedwig, Machuleits Mutter, betete. Hin und wieder blickte sie in den Himmel und rief: »Komm zurück! Komm zurück!« Etwas zu theatralisch, aber durchaus überzeugend.

Die Beerdigung fand an einem Mittwoch statt. Hedwig und einige Bekannte waren erschienen, trotz des Regens, der gar nicht mehr aufhören wollte, den ganzen Monat hindurch goß es. Ein Geistlicher hielt eine sehr weltliche und mutige Abschieds- und Trauerrede. Er sprach über die Zufälligkeit des Todes, der häufig gerade dann käme, wenn der beabsichtigte hätte kommen sollen. Das Schicksal hatte im Falle der drei vorgegriffen. Und dann sprach er über Rivalität, über Konkurrenz, auch über Betrug, über die Liebe im allgemeinen und im besonderen, da Eduard, Jakob und Jurek sich in letzter Stunde ihre Liebeserlebnisse berichtet hatten, wohl wissend: Ein Leben kann man morden, die Liebe nicht. Sie ist ewig.

»Mir fällt da eine Episode ein«, sagte der Geistliche, »ein Erlebnis des Don Juan und eines Begleiters. Nach einem Gespräch, dessen Zuhörer der Begleiter war, sagte Don Juan: Ich weiß nicht, was ihr gegen die Kirche habt. In einer Stadt, die nicht genannt sein möchte, habe ich eine Geliebte gehabt, eine meiner ersten, ein junges Ding, die mich die Liebe gelehrt hat wie keine zuvor, so frei von Hemmung, so wild, so unschuldig, daß man wirklich jede Scham verlor, eine Spielerin, eine Begabung ohnegleichen. Ich habe keinen Menschen gesehen, der so körperlich leben konnte, der mit seinen Sinnen so versöhnt war wie sie, aber dann, sagte Don Juan, als ich schon schlummerte, weckte sie mich und war bestürzt, ehrlich bestürzt, daß ich vor dem Einschlafen nicht betete. Nie? fragte sie, nie? Aber das muß man, das muß man aber. – Ja, beten. Beten ist wohl das einzige, was uns noch geblieben ist«, sagte der Geistliche abschließend.

Nach dieser Abschieds- und Trauerfeier ging man schweigend auseinander, und dennoch war da eine Hoffnung. Wieso, warum? Nicht zu erklären. In der Zeitung hatte gestanden: Drei flüchtige Juden, im Kettenkarussell sind sie umgekommen, das sie zwar an-, aber nicht mehr ausstellen konnten, weil sie betrunken waren. So flogen sie fast vierzig Stunden durch die Luft.

Wo war Machuleit? War er still und leise aus seinem fliegenden Sitz gesprungen, um die andern auf so schäbige Weise ins Jenseits zu befördern, so hinterrücks, so gemein? Aber nein, zwei Tage und Nächte seine Klassenkameraden zu Tode fliegen lassen – undenkbar. Machuleit war das Gegenteil eines Mörders, er war ein Lebensretter. Er konnte sich doch nicht sang- und klanglos aus dem Staub gemacht haben. Wo und wie hatte er sich verschwinden lassen, und wenn er tot war, warum hatte man ihn nicht gefunden? Und wer war der vierte Tote? War der vierte ein Trick? Damit man sich mit ihm beschäftige und nicht mit den anderen?

Gerüchte, die im Städtchen P. die Runde machten, jeder erzählte von Wundertaten, die Ernst Machuleit vollbracht haben soll. Hatte also Machuleit die drei absichtlich in seinem Kettenkarussell sich zu Tode fliegen lassen? Oder war es gar ein Wunsch der drei gewesen, so aus dem Leben zu scheiden – lieber so als im KZ? Ja, ja, es könnte so gewesen sein, wurde in P. getuschelt. Gut hat er ja nicht gerade über die drei gesprochen, erzählte man, die drei Klassenbesten und das Klassenschlußlicht, die seien immer schon verfeindet gewesen, obwohl Machuleit den dreien sehr wohl das Wasser reichen konnte. Besonders wenig, erzählte man sich in P., habe er den Chirurgen leiden können, den oberschlauen Eduard Howald, der mit seinem Blick an die Decke und den zugekniffenen Augen schon in der Schule alles wußte, was der Lehrer wissen wollte, mehr noch, er brauchte gar nicht zu lernen, er hatte schon das ganze Wissen von Geburt an hier oben. Zeigen auf die Stirn. Ja, als Arzt sei er ja gut gewesen, habe vielen Leuten in P. geholfen. Aber daß man nicht unbeschadet in P. bleibt, wenn die Nazis dran sind – das letzte wurde geflüstert –, das wußte er nicht. Und Jurek Magath, das Sprachgenie, Dichter und Journalist? Schon mit zehn las er Bücher in englisch oder französisch, und auf latein konnte er sich unterhalten wie andere auf deutsch, erzählte man sich. Aber auch er wußte nicht, daß man nicht in P. bleiben darf, wenn die da dran sind. Blicke in den Himmel und Lachen hinter vorgehaltener Hand. Und Jakob Löwenstein, der Anwalt? Der hätte es wissen müssen, aber der wollte es nicht wissen. Und wieder Flüstern. Der wollte nicht weg. Der liebte P. wie sein

Vater, der Bankdirektor. Der war ja im Ersten Weltkrieg Offizier, hatte das EK I bekommen und andere hohe Orden. Vater und Sohn sollen eine Affenliebe für Historie gehabt haben, für Geschichte, den Dreißigjährigen Krieg. He, Jakob, wann war das mit Gustav Adolf im Dreißigjährigen Krieg? Am 16. 11. 1632. Und wann wurde Wallenstein ermordet? Am 25. 2. 1634. Flüstern und Lachen. Das und viel mehr hatte Machuleit den Bürgern in P. erzählt – oder erzählen lassen.

Und so versuchten sie das Puzzle zusammen zu setzen, wie Machuleit es geschafft haben könnte, die Bürger der kleinen Stadt P., vor allem aber die Gestapo, so gründlich hinters Licht zu führen. Sie saßen in einem Café in Zürich, Jakob, Jurek, Eduard und Machuleit, der einen Begleiter bei sich hatte, und die drei bedrängten den Freund, ihnen ihren rätselhaften Tod und vor allem die anschließende Auferstehung zu erklären. Sie überschlugen sich mit Vermutungen, Erklärungsversuchen. Doch Machuleit lächelte nur: »Falsch! Falsch!« sagte er. Er hatte aber auch alle verwirrt! Dem hatte er dieses mitgeteilt, dem jenes, dem wenig, dem viel, ein buntes Durcheinander, daß da niemand durchsehen konnte.

Und natürlich war Machuleits Zauberkunststück ein genau durchdachtes Spiel des Verwirrens und Betrügens, so mutmaßten die drei, das er mit Hans Scheibner, dem erfolgreichen Requisiteur der Ufa und seinem langjährigem Assistenten, so erfolgreich durchführen konnte, weil gleichzeitig alle Beteiligten, wie Schonert, die Gestapo, die Charité – war es überhaupt die Charité, die die drei Leichen lieferte? – und die Friedhofsverwaltung, jene berühmte vielsagende Handbewegung von sich weg machten: Nein, wir haben keine Fehler gemacht, wir nicht! Bei uns gibt's nichts Unregelmäßiges zu vermelden. Denn in gewisser Weise halfen alle staatlichen Stellen bei dieser Todeszauberei mit, sie waren an ihrem Erfolg beteiligt. Und die Gestapo schloß die Akten der drei für alle Zeiten. Ernst Machuleits Verwirrspiel ließ niemandem eine Möglichkeit. Alle hatten den Schwarzen Peter mal in der Tasche. Wollten es aber nicht zugeben. Natürlich hatte Machuleit neben der Rettung der drei noch einen anderen Gedanken im Kopf gehabt, den der Macht. So wenigstens glaubten die drei. Die Lust an ihr, daß er, das Klassenschlußlicht, sie so eindrucksvoll, so einmalig für ihre Angebereien bestrafen konnte. Machuleit hatte ein Meisterstück geliefert, ein Meisterstück der Macht. Aber auch ein Meisterstück des Helfens. Das dachten die drei.

»Falsch! Falsch!« sagte Machuleit, »die Lust an der Macht ist mir nie gekommen.«

»Wie sind wir vom Kettenkarussell herunter- und in die Schweiz gekommen, wie?« fragte Jurek.

Schweigen.

Und dann fingen die drei noch mal von vorn an, sie kamen nicht mehr davon los. Wie konnte geschehen, was geschehen ist? Die Kraft des Gedankens, von dem Machuleit gelegentlich sprach, kann diese

Kraft uns in Hypnose versetzt haben? Halluzination? Durch die Kraft des Gedankens? Ist das möglich?

»Was ist passiert, was?« fragte Jakob. »Kaum ging's im Kettenkarussell los, da gingen die Lampen an und aus, was sie doch gar nicht sollten, wegen der Verdunklungspflicht.«

»Wie kommst du darauf?« erwiderte Jurek. »Die Lampen gingen doch nicht an und aus. Ich habe überhaupt keine Lampen gesehen, es war doch viel zu dunkel. Aber ich habe den Feuerhorizont und den Krach der Bomben gesehen und gehört. Wir flogen durch den Regen, immer am Hause vorbei, und dann«, sagte Jurek, »blühte der Himmel auf. Immer im Kreise, immer im Rhythmus, das Haus, der blühende Himmel, der blühende, krachende Himmel.«

»Bomben? Blühender Himmel? Was hast du gesehen, was ich?« fragte Eduard. »Ich habe keinen blühenden Himmel gesehen, kein Krachen gehört. Aber meine Eltern, hinter mir auf den Sitzen, die habe ich da vermutet. Ich hörte ihre nächtlichen Alpträume, ihre Schreie, ich wollte mich umdrehen, wollte sie wecken, konnte nicht, ich konnte den Kopf nicht drehen, habe verzweifelt versucht, den Kopf zu drehen, es ging nicht, was ist ..., was ist geschehen?«

Kopfschütteln.

»Was hast du mit uns gemacht? Wie sind wir vom Karussell auf den Dachboden gelangt, wie? Ich komme nicht darauf. Ich bin aus dem Sitz gestiegen«, sagte Jakob, »mir war etwas schwindlig. Ich taumelte. Der Erdboden war wie aus Gummi. Aber ich bin gegangen, erinnere ich mich, ich bin gegangen.«

»Ich nicht«, sagte Jurek. »Nein. Keine Ahnung, wie ich auf den Dachboden gekommen bin. Auf dem Dachboden lag statt Stroh – ja, was war da, da waren plötzlich Matratzen. Und jemand hat uns Essen gebracht, wir haben uns auf die Matratzen gesetzt, und dann haben wir gegessen. Haben wir das nicht?« fragte Jurek.

»Ans Essen, ja ..., ja, ja, kann ich mich ganz schwach erinnern«, sagte Eduard. »Aber ich war müde, unendlich müde, die Glieder wie aus Eisen, ich muß ..., ich muß gleich eingeschlafen sein. Aber wer hat uns umgezogen? Haben wir uns nicht selbst umgezogen? Uns in italienische Diplomaten verwandelt? Je länger ich darüber nachdenke, desto mehr komme ich darauf, daß ich mich selbst umgezogen habe«, sagte Jakob.

»Ich nicht. Ich komme nicht darauf«, sagte Eduard, »das Umziehen mußt du doch besorgt haben, Machuleit. Das ist doch deine Spezialität. Ich weiß nichts davon. Ich weiß nichts ... Je länger ich darüber nachdenke, desto weniger komme ich darauf.«

Machuleit lächelte.

»Er hat uns meschugge gemacht, des Verstandes, des Bewußtseins, der klaren Gedanken beraubt. Hat er uns nicht gesagt, wir sollten bei Schonert nichts trinken, damit wir einen klaren Kopf behalten?

Warum einen klaren Kopf? Damit er uns des klaren Kopfes, der klaren Gedanken berauben könnte? Ehrlich, ich weiß nichts, ich verstehe nichts«, sagte Jurek.

»Ich auch nicht«, sagte Eduard.

»Schlaftabletten, Betäubungsmittel, irgendwelche Medikamente im Tee, im Essen, es ist alles möglich, alles möglich ...«

»Ich erinnere mich, daß Autotüren aufgemacht und zugeschlagen wurden«, sagte Eduard. »Ich erinnere mich des weiteren, daß ich Stimmen hörte. Ich sagte mir im Schlaf, du mußt aufwachen, aufwachen, da will jemand etwas von dir, aber der Körper wollte dem Kopf nicht folgen, die Glieder aus Eisen.«

»Hm, kann es nicht sein, daß unsere Nerven schlappgemacht haben?« fragte Jurek. »Die Nächte davor, der Abtransport der Eltern, der Dachboden, Schonert, die SS, unsere Geschichten, die Kälte, der Regen, dann das Karussell, das war zuviel. Wie lange haben wir uns im Kettenkarussell gedreht? Fünf Minuten, fünf Stunden? Ich habe mich noch gewundert, daß ich nicht fror. Die ganze Zeit hatte ich gefroren, im Kettenkarussell nicht, wieso? Gefühle, Zeit, Erinnerung – alles weg, weg! Machuleit, erkläre uns bitte, wie geschehen konnte, was geschehen ist.«

Machuleit, am Fenster stehend, drehte sich um, in Zeitlupe. Sein schönes, blasses Gesicht im Gegenlicht kaum erkennbar. Er hob die Arme und sagte:

»Ihr seid in der Schweiz, ihr seid gerettet.«

Pause
Lange Pause
»Es wird mir erst langsam bewußt, viel zu langsam, daß wir es geschafft haben«, sagte Eduard, dessen Fliege wie immer ordentlich unterm Kinn gebunden war und dem eleganten Diplomatenanzug einen gewissen Pfiff gab. »Viel zu langsam«, wiederholte er.

Und Jurek dachte: Wie viele Fliegen hatte Eduard in seinen besten Zeiten im Schrank? Vierzig, fünfzig bestimmt! Und nur einen Schlips darunter, von seinem Vater, der, wie wir wissen, auch Chirurg war und nur Schlipse trug, und immer waren die Schlipse bekleckert. Nein, hatte sich der junge Eduard gesagt, bekleckerte Schlipse will ich nicht, nie! So kam er darauf, sein Leben lang nur Fliegen zu tragen.

Eduard blickte Machuleit an: »Was wir jetzt erleben«, fragte Eduard, »ist das das wirkliche Leben oder doch nur ein Zaubertrick von dir? Sind wir noch immer Mitspieler deiner großen Zauberei? Wenn sie beendet ist, werden wir wieder im Versteck aufwachen, auf Alpträume hoffend, um den Alpträumen des Lebens zu entkommen? Oder sind wir im wirklichen Leben hergezaubert, beerdigt in P. und auferstanden in der Schweiz, in Zürich, in Sicherheit, ein Zwischenaufenthalt auf dem Wege nach London, Amerika, wer weiß wohin? Dort, wo es keine Nazis, keine Mörder, keine KZs gibt?

Es gibt viele Fragen, aber keine Antworten. Aber es ist gar nicht so leicht, die vielen Fragen, die sich in den letzten Jahren, in den letzten Stunden angehäuft haben, mit einemmal nicht mehr haben zu müssen. Man muß sie langsam loswerden, nicht zu schnell, sich Zeit lassen. Aber was ist Zeit? Gibt es sie noch? Ist sie nicht verschwunden, eliminiert? Soll sie doch eliminiert sein, was ist der Unterschied? Wenn man gestorben ist, ist die Zeit auch eliminiert. Es macht keinen Unterschied, ob man zwei Minuten oder zwei Millionen Jahre tot ist. Wenn man eines Tages wiedererwacht, sind zwei Minuten oder zwei Millionen Jahre dasselbe. Gedanken, die von dir sein könnten, Machuleit.«

Dann schwiegen die drei. Und dachten: Wir hatten doch immer die besten Gedanken. Was haben wir uns um Gedanken gestritten! Und behauptet, daß es einen realen Menschen hinter den Gedanken gar nicht gäbe. Es ging ja auch gar nicht darum, den anderen zu verstehen, es ging darum, den anderen richtig mißzuverstehen. Leben heißt, den anderen mißzuverstehen, immer wieder und immer wieder mißzuverstehen, um dann, nach reiflichen Gedanken, noch mal mißzuverstehen. Nun waren sie soweit, endlich, des Mißverstehens müde, des absichtlichen Mißverstehens noch müder, des Argumentesuchens überdrüssig, des Fragens, um bessere Antworten zu finden, noch überdrüssiger. Sie wollten nicht mehr die Besseren sein, die sie auch nicht waren, sie wollten sich ..., ja, was wollten sie? Was war der Sinn ihres lebenslangen Gedankenwettstreites? Daß sich am Ende ein Sieger ausmachen läßt? Wahrscheinlich war der Sinn ihres Streitens, daß sich am Ende drei Verlierer und ein Sieger in den Armen liegen und froh sind, als Verlierer einen Sieg zu feiern, nämlich in Freiheit und am Leben zu sein.

»Wir müssen jetzt los«, sagte Machuleit, Hans Scheibner anblickend, »wir müssen zurück nach P.«

»Tut das nicht!« sagten Eduard, Jakob und Jurek gleichzeitig. »Es ist zu gefähr…«

»Ich muß«, sagte Machuleit, und Hans Scheibner nickte.

Und dann ein letzter Versuch, ihn und Hans Scheibner umzustimmen. »Sie werden euch beide und deine Mutter abholen. Man wird ihr vorwerfen, sie habe mit uns, den drei Juden, unter einer Decke gesteckt. Deine Freunde, die deutsche Frauen vergewaltigten, Frauen von deutschen Offizieren, wie man bei Schonert hören konnte. Und dann Fragen: Liegen die drei wirklich unter der Erde? Oder sind sie mit deiner Hilfe irgendwo über die Grenze?«

Machuleit unterbrach und sagte nur kurz: »Wir fahren.«

Hans Scheibner grinste und sagte: »Macht euch um uns keene Sorgen! Machuleit hat sich schon lange 'ne neue Nummer ausjedacht. Die is noch jrößer als die mit euch. Das betrifft auch die, die schon abjeholt wurden.«

Pause.

Lange Pause.

Unsere Eltern, dachten die drei. Machuleit hatte doch gesagt, er würde sich um sie kümmern. Wurden sie gerettet? Doch weiter konnten sie nicht denken, denn Machuleit reichte zum Abschied Eduard die Mappe und den Malkasten und Jurek die Bücherhälften von Tolstois »Anna Karenina«. »Hier«, sagte er, »könnt ihr bestimmt brauchen.«

»Danke!« sagte Eduard.

Jurek legte seine Hand aufs Herz. »Ich danke auch«, sagte er, verbeugte sich, schob die Hälfte des Buches Jakob übern Tisch …